麻將打油詩百篇

摘自拙作《雲山鷹歌》

汪瀚／著

麻將由來

麻將之於國人，如影隨形，運用之妙，存乎一心，或為賭之具，或為賄之箱，一如夏威夷之「Alloha」，百用百爽。人言三個中國人，意見便分成兩派，然而湊成方城戲，四個中國人就有志一同。進入方城，風雨如晦，豬羊變色，贏錢是尚，詐哄誘騙，不分親疏，勾心鬥角，竭盡所能。相傳麻將係宋朝人所發明，當時他們把梁山泊一〇八將的圖像繪製成一〇八張紙牌，以白銀「萬兩」為單位，做為抓住梁山泊綠林英雄人物的懸賞獎金，像宋江等大頭目獎金「九萬」兩，餘類推，其後陸續增添花樣，成為迷人遊戲，垂至今日。

知友吳君希和，麻將高手也，讀我打油鬼扯，即興而和曰：「週身不適跑醫院，胃疼感冒一連串，有人邀約上牌桌；精神體力全復元。」看吧！醫院鬥不過麻將！黃邦宿大師給我一幅對聯，「作八對獨釣寒江雪摸來白板真爽，青一色苦候嵌心張槓上開花快哉」，頗足使人快樂長壽也。

汪瀚  謹識

二〇〇六於台北

目次

楷書篇

序

麻將打油詩百篇

麻將之於國人如影隨形運
用之妙存乎一心或為賭之
具或為賄之箱一如夏威夷
之啊魯哈百用百爽人言三
個中國人意見便分成兩派
然而湊成方城戲四個中國

人就有志一同進入方城風
雨如晦豬羊變色贏錢是尚
詐哄誘騙不分親疏勾心鬥
角竭盡所能相傳麻將係宋
朝人所發明當時他們把梁
山泊一零八將製成一零八
張紙牌以白銀萬兩為單位

作為抓住梁山泊英雄人物
的懸賞依像識人宋江是大
頭目與金九萬兩餘類推其
後陸續增添花樣成為迷人
遊戲垂史迄今為使方城之
戲得以順利隨行計對參與
人員宜有守則繩之

方城十二守則

一按時進城不得有遲到早退之行為

二約定圈數不得有要求延縮之行為

三說吃就吃不得有反悔要賴之行為

四喊碰就碰不得有猶豫不
决之行為
五落地生根不得有出張拿
回之行為
六輕拿輕放不得有摔牌砸
棣之行為
七築牌要快不得有慢磨細

壘之行為

八 和氣生財不得有指桑罵槐之行為

九 保持風度不得有怨天尤人之行為

十 敦重牌品不得有勾結抬轎之行為

十一入廁要少不得有一圈
數便之行為
十二輸錢付帳不得有掛帳
拖欠之行為

壹、詩

五言絕句

扛上行軍床陳府打麻將
長壽煙無主先耗公家糧
老嫂何處去去搞方城戲
兒女不在家閒着沒意思
春眠不覺曉處處蚊子咬
乒乓一整夜到底誰贏了

透窗明月光無法打麻將
真想摸四圈請電燈幫忙
昨日我被整今天要整人
結算輸贏後老李好開心
紅豆生南國餅子清一色
萬請莫幫忙自摸來解決
火到豬頭爛早贏不能算

終場結帳了那時才心安
賭博無神手針眼攝穿透
隔壁那一夥抓你寃大頭
輸錢不甘心越撈淵越深
待到夢醒時碎骨又粉身
功蓋三分國威鎮麻將城
江流石不轉仍舊輸不贏

三日入廚下不會做羹湯
專長是甚麼湊角打麻將
向晚意不適拉我到方城
搭子逗我笑一毛也没剩
打起黃鶯兒莫叫枝上啼
正做清一色摸我方城戲
玲瓏望秋月難辨夜與晝

又是白做工心情好難受
寒山寺鐘聲姑蘇人聽清
五翻才起胡不夠翻不行
朝辭白帝城傍晚到江陵
船上打麻將贏得好輕鬆
月是外國圓吹牛不化錢
不信打麻將包你抱頭竄

月黑燕飛高手順運氣好
剛抓來卡襠緊接就胡了
華容遇關公曹操幸逃生
我打他過水你打他就贏
日出照西牆又照東北方
麻將一盤夜腰酸背亦傷
大道直如髮煙村四五家

黃狗汪汪叫麻將聲嘩啦
賣車到錦水產業道路追
買主出方城現金一大堆
旅遊到遼陽大豆與高粱
探詢方城戲答曰莫宰羊
鶯歌與景德拉胚不停歇
向不打麻將陶瓷來對決

明月來相照贏錢不要笑

來日運如何無能先知道

一時不順手不要心發慌

百忍以圖成勝利再結帳

燕趙悲歌士爬步喪心狂

大蒜快樂丸何如打麻將

荊軻刺秦皇蓋世永無雙

方城不過癮到爬步瘋狂
浮沉多年事密使突曝光
光環日日暗牌光錢也光
白髮三千丈雲散星亦稀
乾坤袖裡轉曝光一白皮
美金八千萬運美遭退還
方城已不保教人姿意憐

A錢皆現金日久堆如山
方城勢難保偷運它出關
統一分配款卡五又斷腰
我留百分六不夠找北高
瞌睡意欲眠吃虧在眼前
漏吃卡襠牌看你怎麼辦
大蘇快樂丸紅中又白板

安非海洛因天使下塵凡
主流非主流明爭又暗鬥
麻將幾回合A錢為防後
政治人講話千萬莫認真
他說叫你胡也没安好心
軍備回扣大官邸堆不下
暗損運美國退回為甚麼

治事多思孜打牌也一樣
不和錢作對幹嗎要忙撞
一字不出頭言詞莫傷人
共享方城樂生活多開心
玩笑有限度過火就會鬧
爭執忘吃碰出張便放炮
遲疑惹人厭吃張要快提

折騰老半天還是要解決
三光日月星運氣老不開
有字沒有花一台變五台
春城到處花姑蘇寒山寺
焉能把麻將擺在寺廟裡
勸君更盡酒熱情待知友
麻將有孜量豪飲拔指頭

錢塘江大潮氣勢撼山河
麻將聲相比差得實太多
哈爾濱冰雕低温恰恰好
擺上麻將椂臘好像不妙
黃狗汪汪叫麻將聲嘩啦
不要心發慌這裡沒警察
落日故人情方城一陣風

轉眼數十年
那還記得清
臉面好熟悉
百思不敢認
他也回頭望
方城老鄉親
贏錢不要笑
背時受煎熬
明日運如何
誰能先知道

七言絕句

長日逍遙在方城
理牌抓張吃碰聽
白皮發財吊紅中
槓上開花顯神通

方城戲中好舒暢
誰管他人瓦上霜
天塌自有高人頂
那是我們先遭殃

殺時消磨方城戲連日輸
錢好生氣暗下決心要戒賭
牌癮難熬三缺一
今日碰上掃把星手氣背
得想不通四圈只胡了一把
怎不橫眉瞪眼睛
呼朋喚友戲方城東南西

北座排定又是他坐我上手
多留對子來就碰
一把爛牌可奈何大字邊
張這麼多誰料卡襠一一進
剩下對倒還自摸
誰說麻將不衛生專治老
人痴呆症三十六計都用上

小雞難以吃燒餅
遇上搭子大懦弱吃碰出
張都躊躇打出收回兩三次
還怪逼他下油鍋
心神不定坐不寧嘟嚷不
乾又不淨幹嗎扣張這麼緊
見死也不救人命

麻將搭子一見面開口昨
天方城戰笑談贏時好得意
快去約人待會見
海到無邊天作岸輸贏總
是輪流轉莞爾一笑暫認輸
明天要你本利還
穩坐方城手搬磚脫口笑

語莫偷閒晴時多雲偶陣雨
坦蕩胸懷賽神仙
贏到千百已夠多切莫貪
小摟零鎗忠厚留有餘地步
何忍老友輸光腳
方城之戲莫認真半技半
運一邪門神明無能把把胡

豈可怨天又尤人
友誼聯歡打麻將輸贏切
莫放心上衆樂樂也我樂樂
不負世間走一趟
台灣麻將如接龍越早聽
張才會贏有吃就吃有碰碰
小本經營也滿行

不見兔子不撒鷹莫拿生
張去進攻只要自己不放炮
任他自摸一般平
大家都是好朋友卻為麻
將鬧不休惡行惡狀令人怕
缺角也別找氣受
萬綠叢中一點紅烘雲托

月有詩情我打啥來他打啥
莫非他有神經病
枝術本位老麻將鳥語花
香百花開不料走碰馬失蹄
樂極生悲興變衰
百無聊賴找事忙十三張
裡搞名膛非不得已莫吃碰

自立更生好主張
十三張來十六張計翻算
枱不一樣有花無花都算枱
其他規定再商量
春花秋月何時了不知業
已輸多少上手出張又東風
莫非蓄意扣紅中

黃梅時節雨淅瀝關門閉

戶方城戲大便當飯小便菜

敢問味香可如意

時光一刻值千金搭檔有

陽也有陰雨性共治同歡樂

麻將使人夢成真

百鍊千鎚一根針打牌技

巧日日新坐上牌檯無親疏
只認輸贏不認人
地動天搖啥名膛山色霎
時暗無光秀水變作土石流
半倒房屋正連莊
麻將遊戲如魔鏡本性牌
品照得清快速反應一脫免

猶豫不決慢郎中
櫻桃小口到耳腮輕易不
把嘴張開滿貫自摸笑開懷
腦袋差點翻過來
獨上西樓月如鉤夜戰馬
超不停休一條龍兼二八將
要想久悵免開口

蓬門今始為君開盼望送
進
卡襠來不辭風情呆頭鵝
光
棍一生可別怪
常言貝者不是人只因今
貝
起禍根有朝分貝照上頭
塑
造戎貝不離身
久旱春雨貴似油牌友鬥

嘴莫記仇麻將既要我們聚
何苦翻臉鬧分手
打完麻將日已西老妻扶
着下樓梯牽衣附耳俏聲問
把錢給我買新衣
水底日為天上日牌搭則
是面前人爾虞我詐沒實話

人皮獸骨怎區分
柴米油鹽醬醋茶日常生
活亂如蔴方城戲裡喘口氣
圓家又是霧煞煞
發奮識遍天下字麻將無
須此大志東南西北綠白紅
條餅萬來要依序

識時務者為俊傑出張乒
乓不停跋七隻花加條餅萬
東南西北綠紅白
風吹馬尾千條線抓牌掉
張贏不算白費心思做苦工
規則訂得鬼扯淡
政治麻將大不同目的在

輸不在贏只要對象滿口笑
一切盡在不言中
姑娘四十一隻花沉迷麻
將不念家兒女放學沒飯吃
徬徨不安媽呀媽
雲想衣裳花想容欠債不
還哪能行暫借一千撈撈本

這回本利一塊清

客從海外訪知音宴罷方
城愉鄉親探問這次來何速
泌尿不適要洗腎

風吹柳葉背朝天最低規
定胡幾翻名膛定要弄清楚
詐胡賠錢心不甘

雪壓竹枝頭接地輸錢莫
拿牌出氣河東河西輪流轉
何必熱鍋上螞蟻
生手打牌無定規丁着出
張都吃虧質問你不剛打過
牌佪頭來釣全龜
今日人心最不平三流技

術也會贏該吃不吃碰不碰
自摸氣煞老公公
三皇五帝夏商周方城裡
面亂悠悠明知放炮還要打
莫非您倆是牽手
葡萄美酒夜光杯三缺一
來聲聲催酒逢知己千杯少

打遍天下我不醉
月落烏啼霜滿天我莊正
在連第三六條九條沒分清
詐胡賠錢受責難

貳、詞

詞

虞美人　一

大字邊張何時了已抓了多
少剛打出手又東風怎奈無
嘴無對有紅中　台灣麻將
只算枱遊戲規則改已輸一
去不囬頭恰似一江春水向

東流

虞美人 二

八掌溪洪水氾濫看一女三
男緊抱着苦撐待援悶蒼天
海鷗何以不見岸邊有人
拋繩索只抓不着倚橋鋪
路引橫禍逼令魂飛魄散見

閻羅

浪淘沙　一

美金八千萬綠色背面心懷
台灣好人錢放眼天下閒扯
淡那能真幹　無限懊煎受
脯容易洗脯難　美國海關不
辭情叫咱偺辦

浪淘沙 二

拉法葉軍艦回扣億萬送瑞

士銀行保管檢舉情治要徹

查盡應顏面 尹清楓命案

倒是麻煩海總遮蓋不過全

可恨法國老杜馬托出全盤

浪淘沙 三

工程規格好暗中綁標獨家
供應無分號親友公司始核
准其他虛套　貨款一領到
偷工減料驗收單位火候到
勤快吹捧緊彌縫日久案銷
　　浪淘沙　四
內神通外鬼有油有水官商

勾結緊閉嘴膽大心細步步

營擔保無罪　安排够巧妙

無人知曉紅色流水過小橋

方慶圓扣不透風法院傳票

行草篇

序

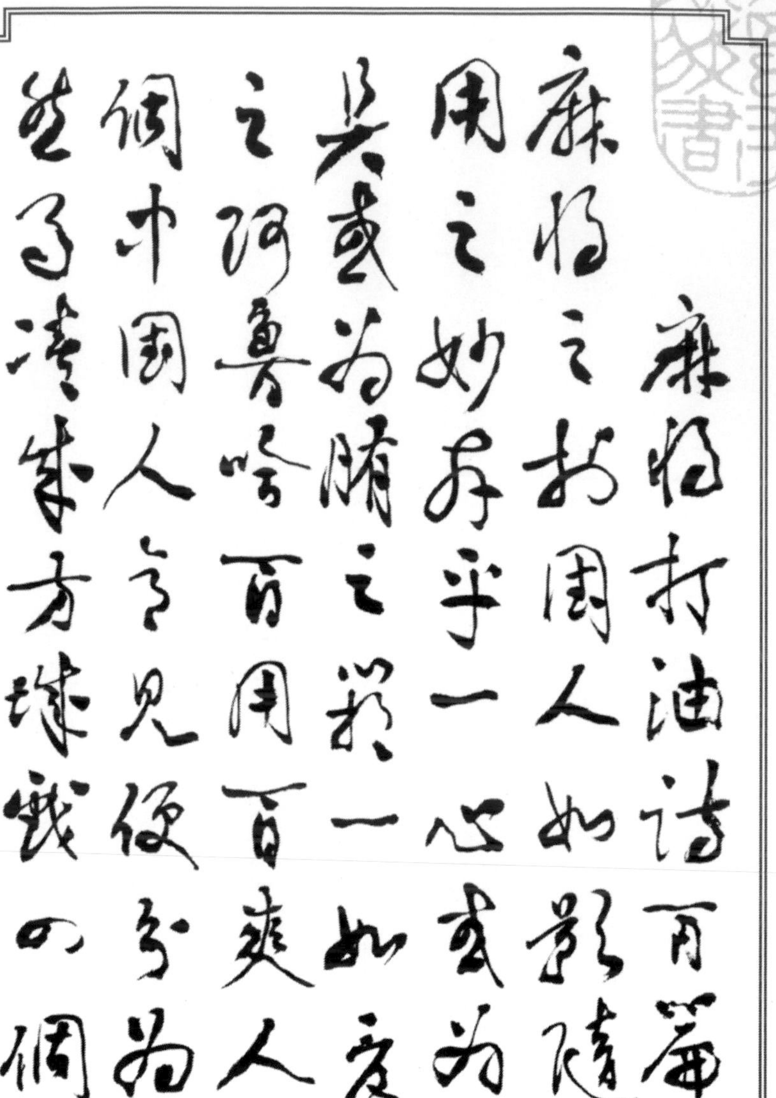

麻將打油詩百篇

「麻將」之於國人，如影隨形，運用之妙，存乎一心，或為賭之具，或為賄之箱，一如夏威夷之「Alloha」，百用百爽。人言三個中國人，意見便分成兩派，然而湊成方城戲，四個中國

汪瀚

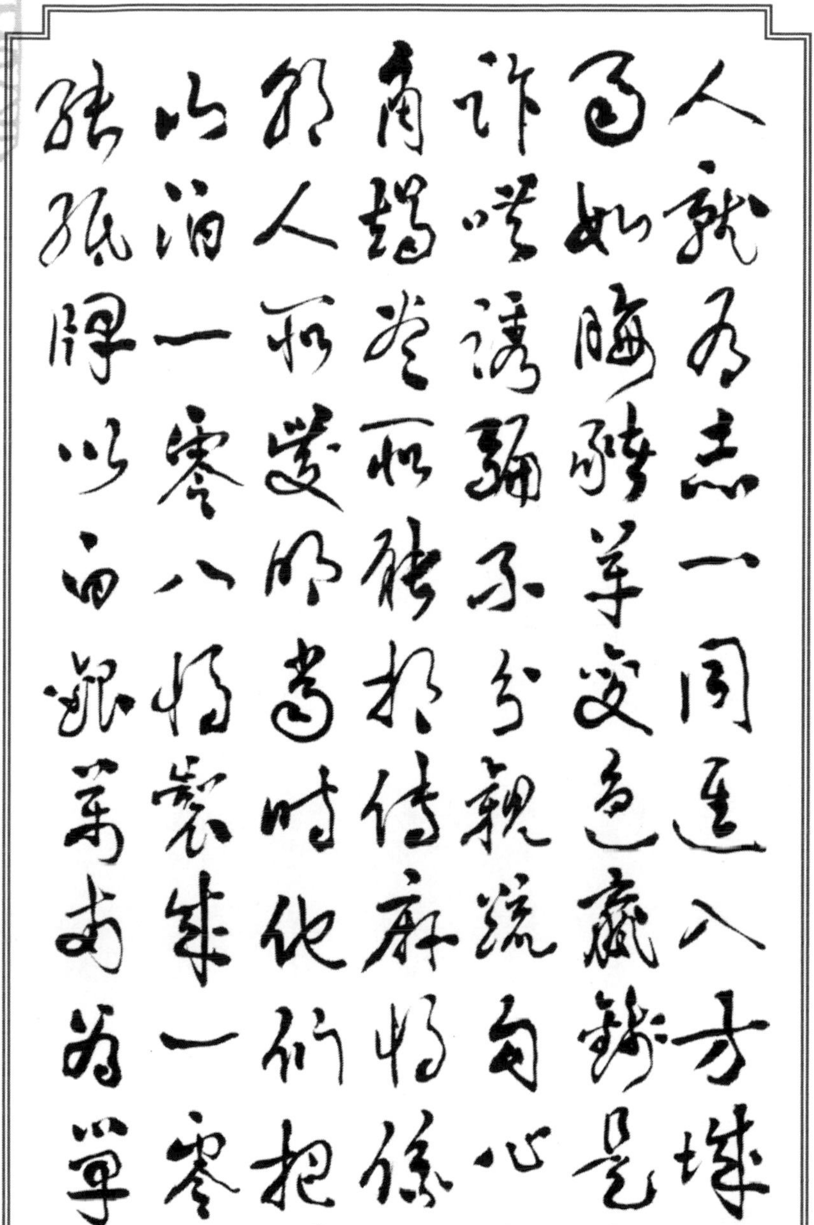

人就有志一同。進入方城，風雨如晦，豬羊變色，贏錢是尚，詐哄誘騙，不分親疏，勾心鬥角，竭盡所能。相傳麻將係宋朝人所發明，當時他們把梁山泊108將的圖像繪製成108張紙牌，以白銀「萬兩」為單位，

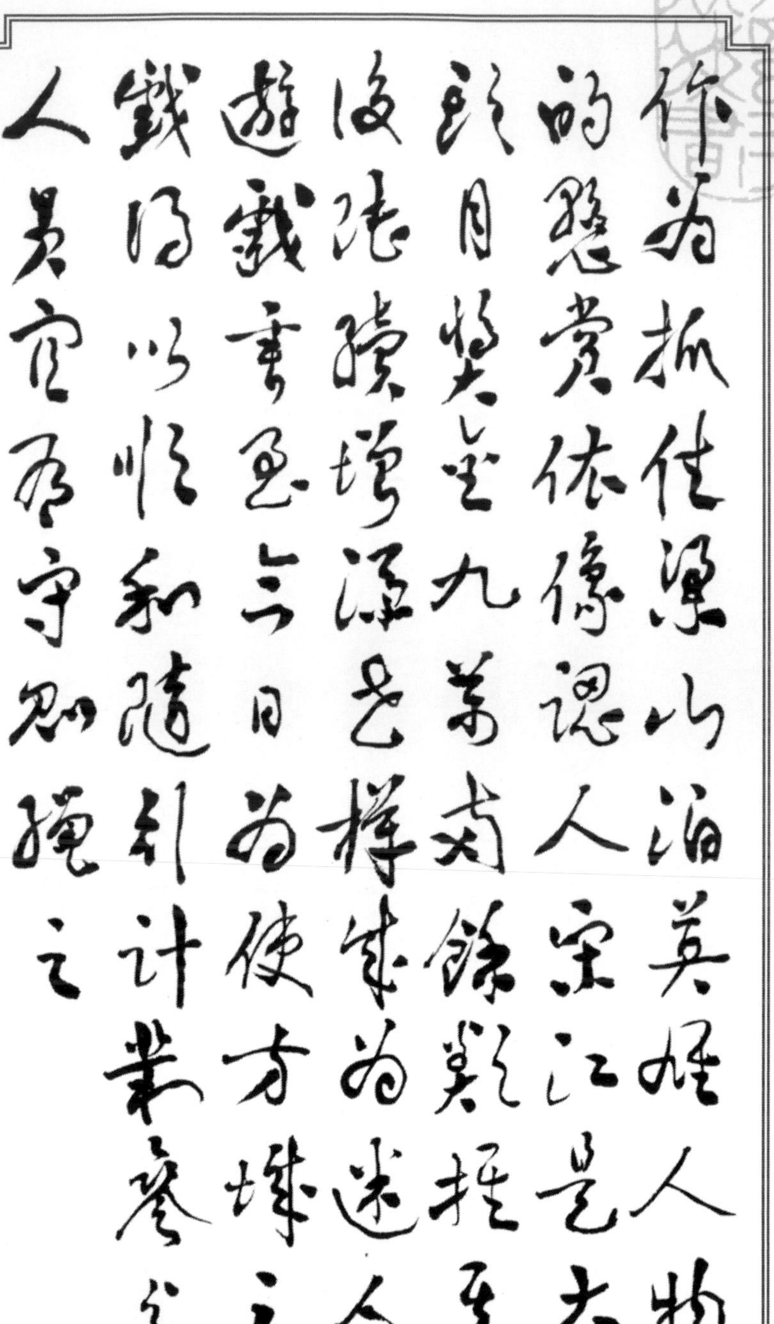

作為抓住梁山泊英雄人物的懸賞。依像認人宋江是大頭目獎金「九萬」兩，餘類推，其後陸續增添花樣，成為迷人遊戲垂至今日。為使方城之戲得以順利隨行計，對參與人員宜有守則繩之：

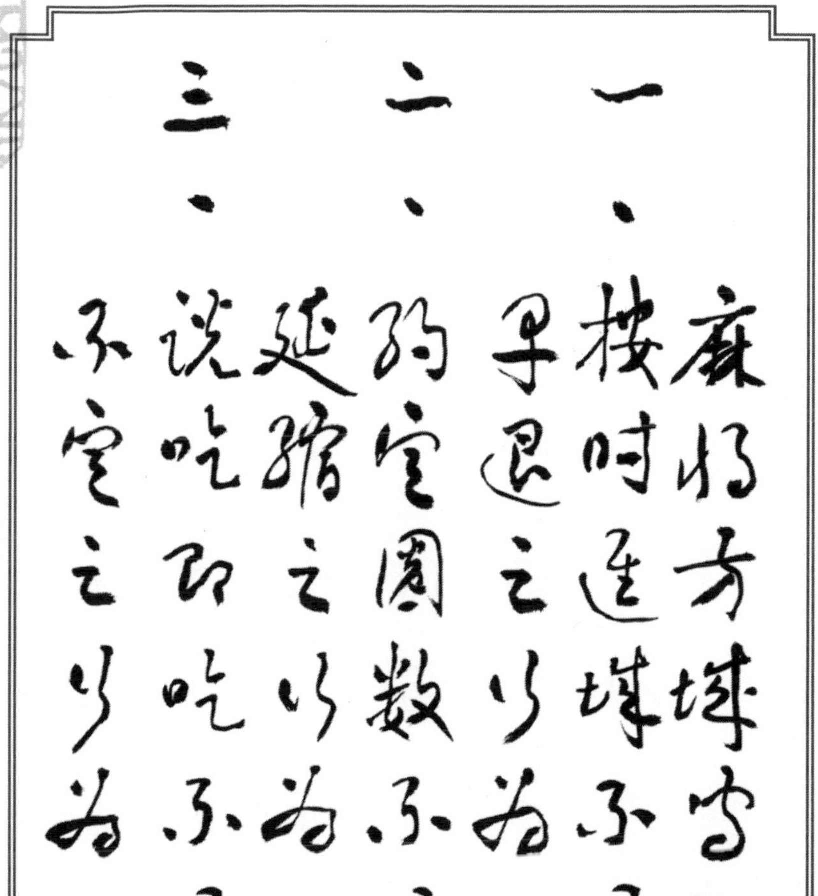

一、按時進城，不得有遲到早退之行為。

二、約定圈數，不得有要求延縮之行為。

三、說吃即吃，不得有反覆不定之行為。

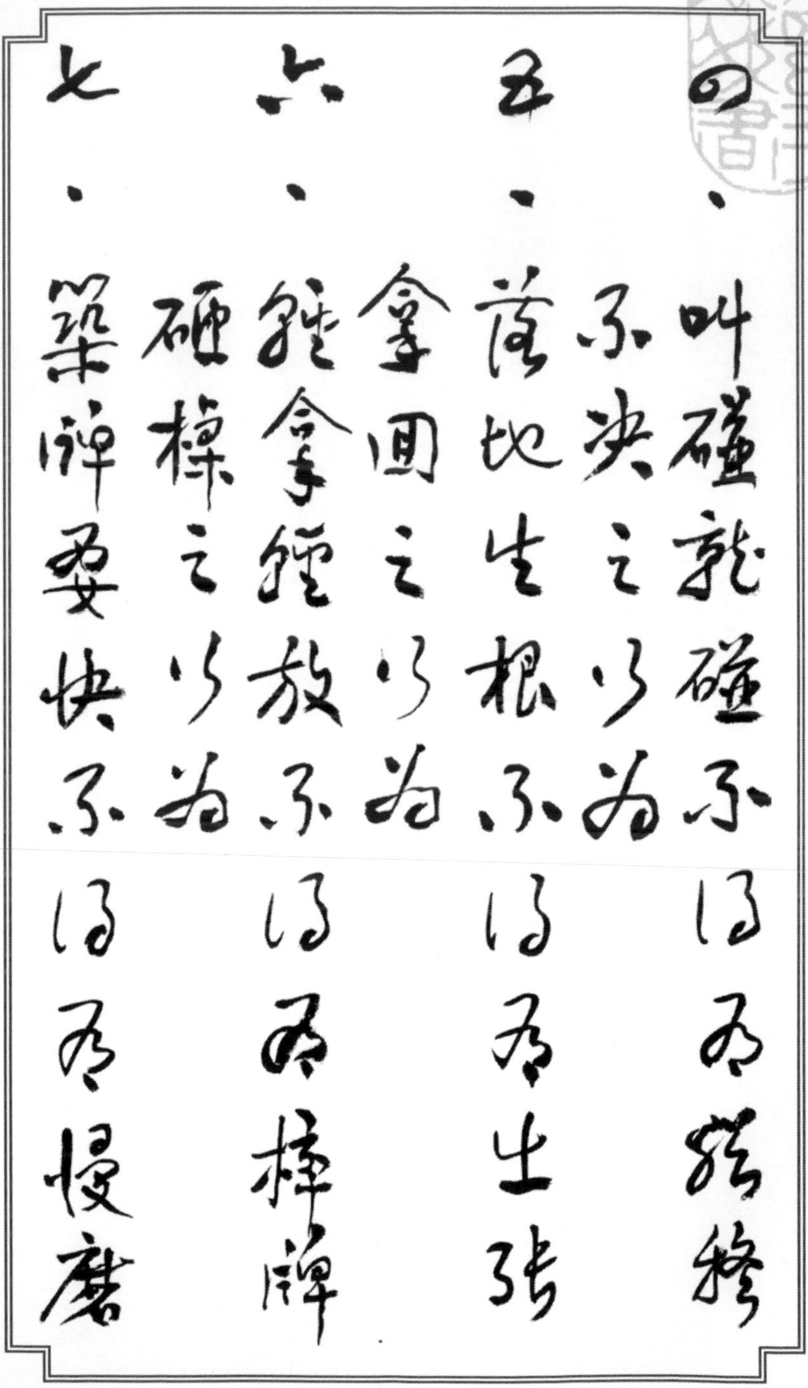
四、叫碰就碰不得有猶豫
不決之行為
五、落地生根不得有出張
拿回之行為
六、輕拿輕放不得有摔牌
砸桌之行為
七、築牌要快不得有慢磨

四、叫碰就碰，不得有猶豫不決之行為。

五、落地生根，不得有出張拿回之行為。

六、輕拿輕放，不得有摔牌砸桌之行為。

七、築牌要快，不得有慢磨細壘之行為。

八、和氣生財，不得有指桑罵槐之行為。

九、保持風度，不得有怨天尤人之行為。

一〇、敦重牌品，不得有勾結抬轎之行為。

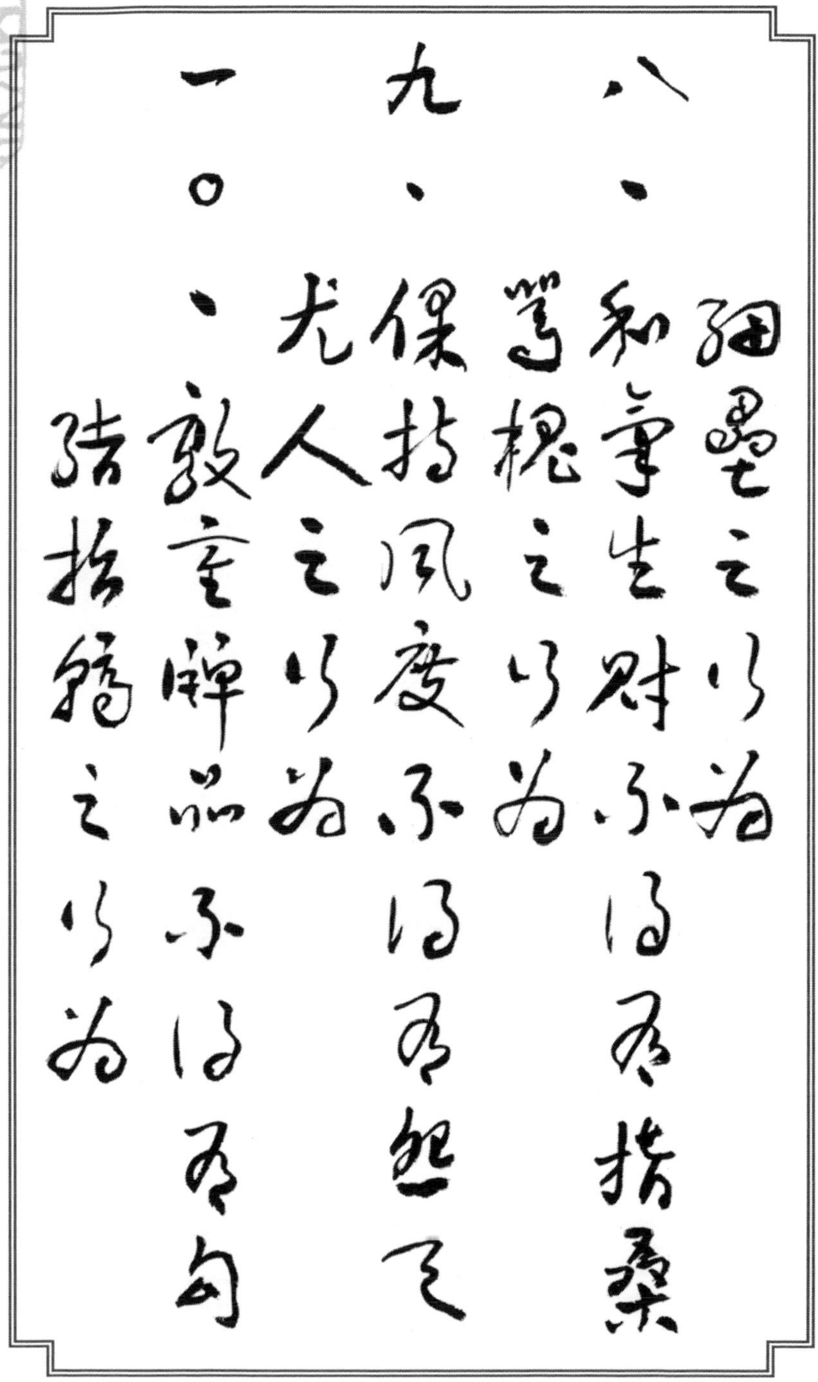

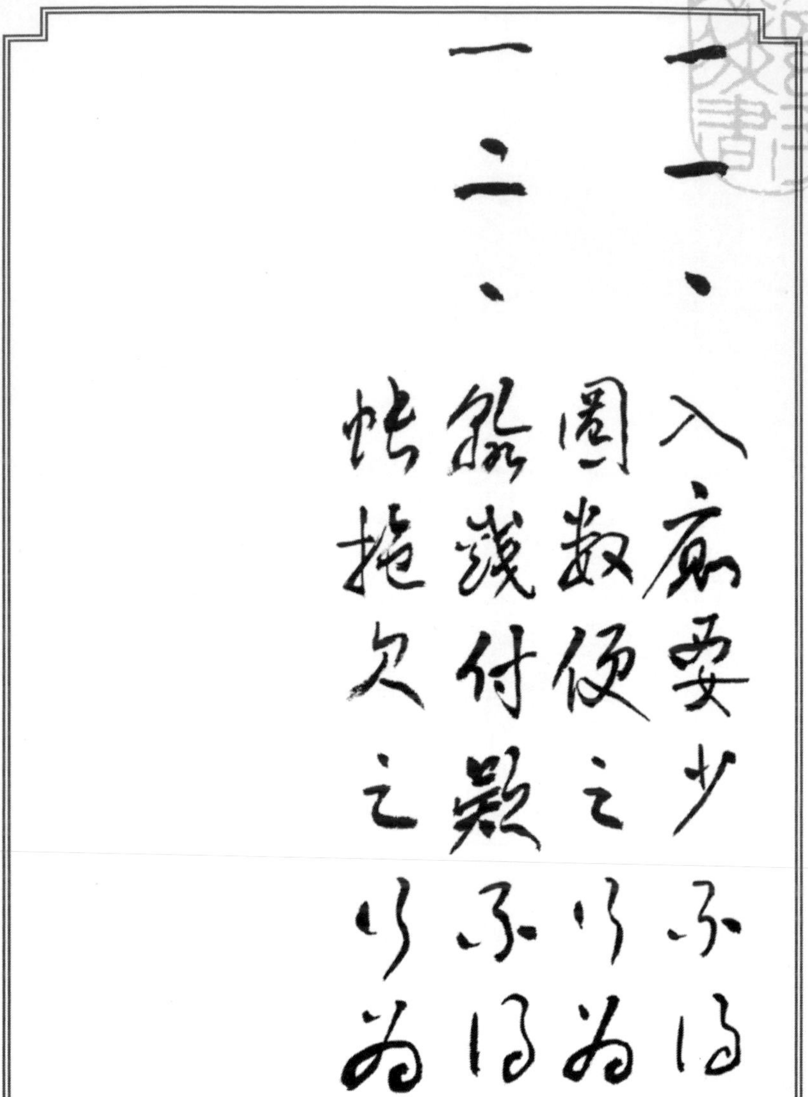

十一、入廁要少，不得有一圈數便之行為。

十二、輸錢付帳，不得有掛帳拖欠之行為。

壹、詩

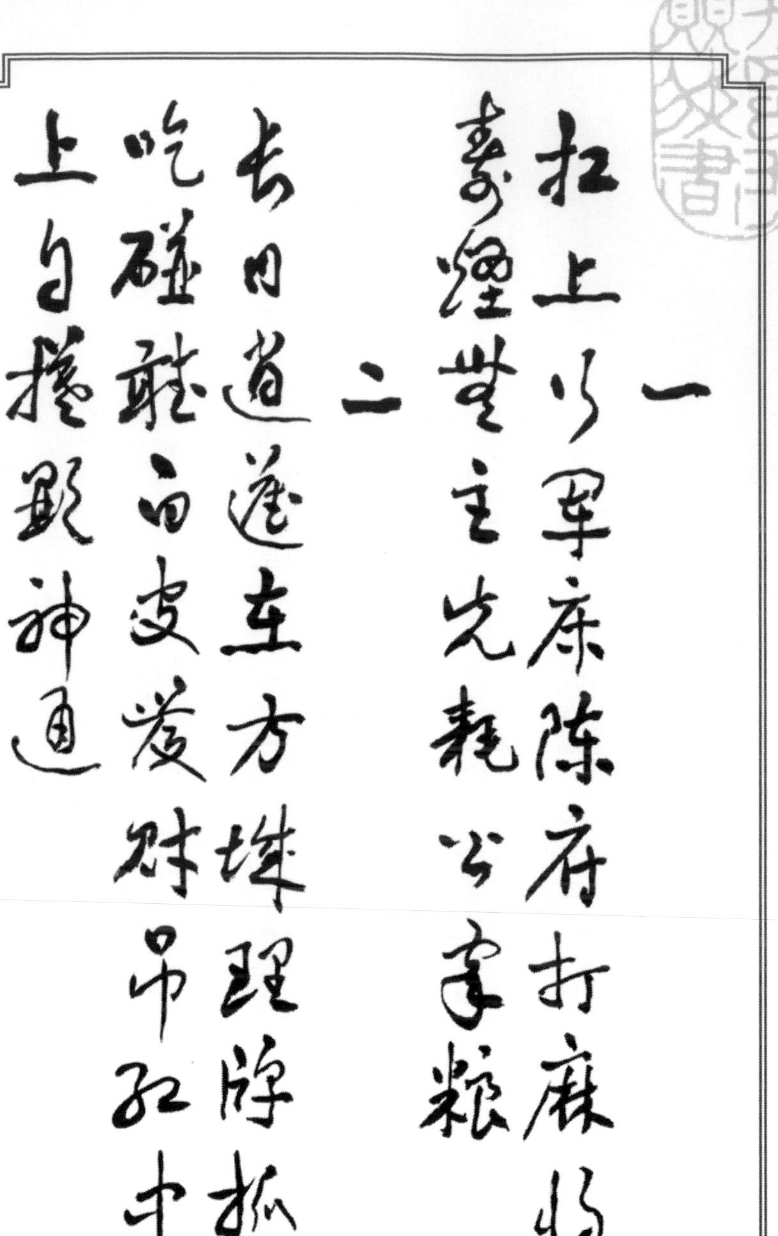
扛上行軍床陳府打麻將長
壽煙無主先耗公家糧
二
長日逍遙在方城理牌抓張
吃碰聽白皮發財吊紅中槓
上自摸顯神通

一 扛上行軍床，陳府打麻將；長壽煙無主，先耗公家糧。

二 長日消遙在方城，理牌抓張吃碰聽；白皮發財吊紅中，槓上自摸顯神通。

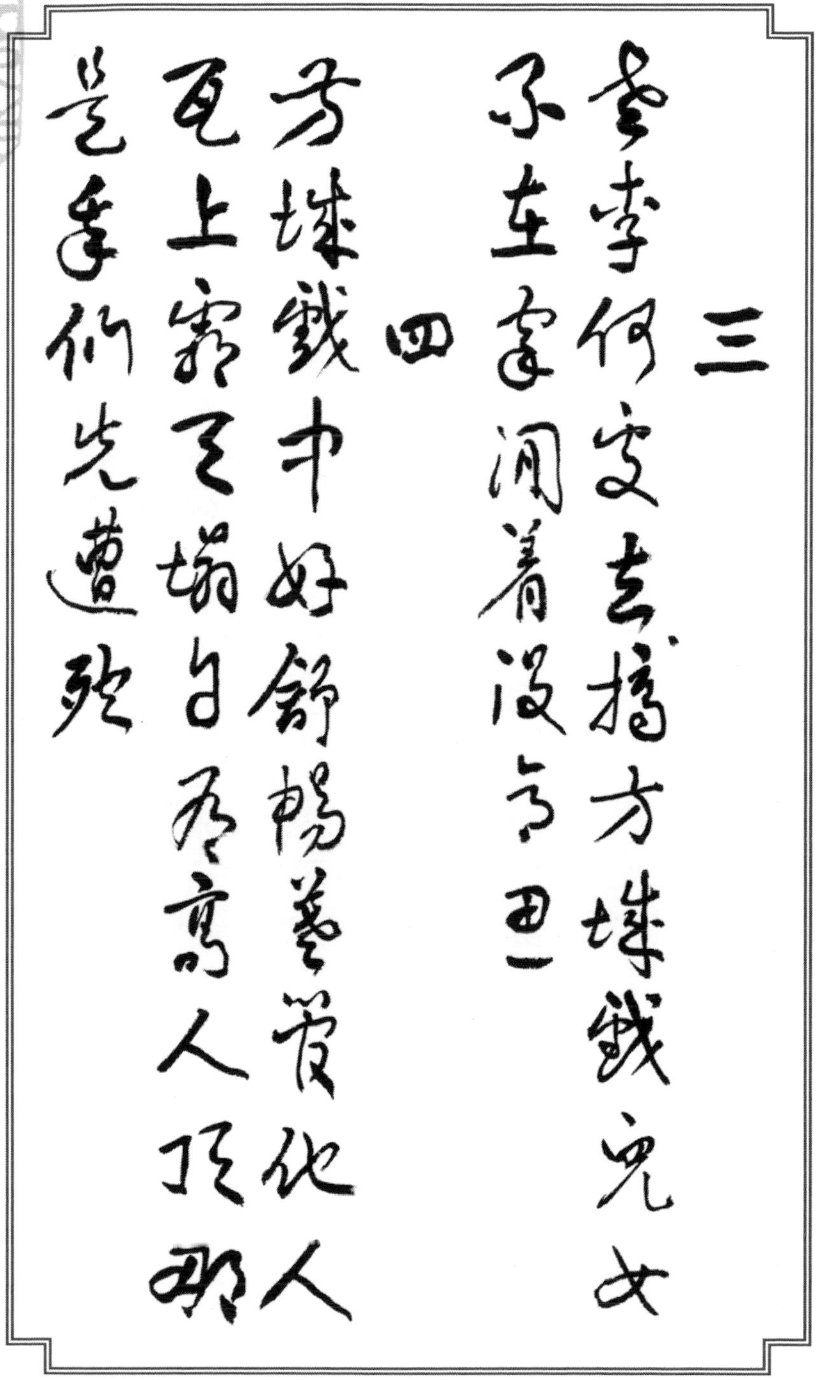
三
老李何處去搞方城戲
兒女不在家閒著沒意思
四
方城戲中好舒暢誰管他人
瓦上霜天塌自有高人頂那
是我們先遭殃

三 老李何處去，去搞方城戲；兒女不在家，閒著沒意思。

四 方城戲中好舒暢，誰管他人瓦上霜；天塌自有高人頂，那是我們先遭殃。

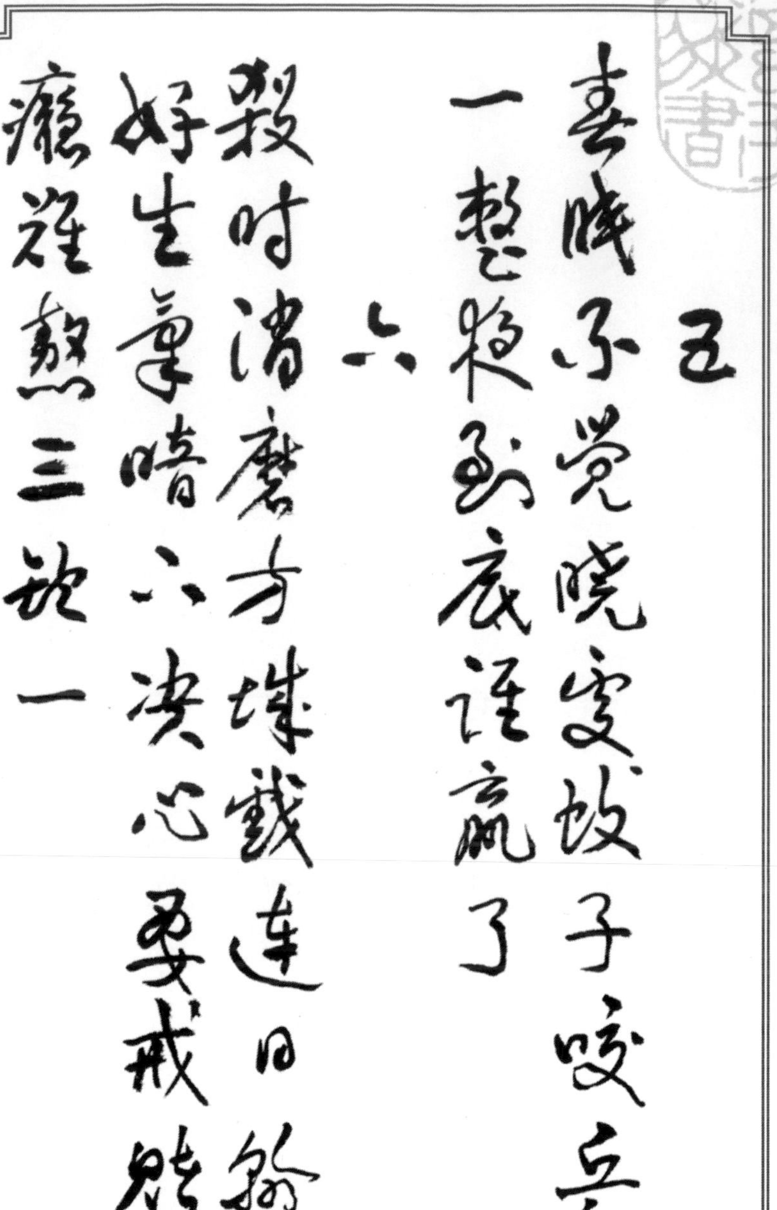

五 春眠不覺曉，處處蚊子咬；乒乓一整夜，到底誰贏了。

六 殺時消磨方城戲，連日輸錢好生氣；暗下決心要戒賭，牌癮難熬三缺一。

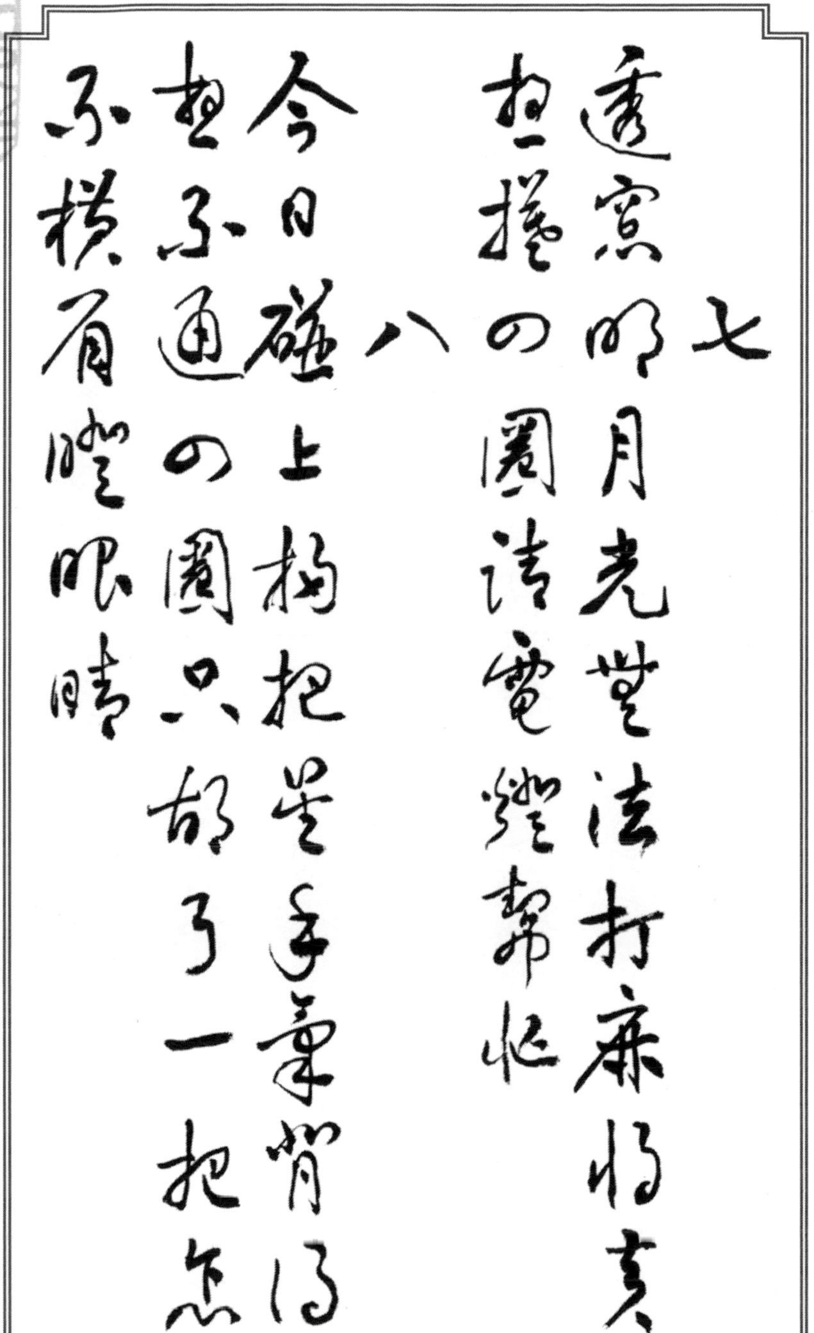
七
透窗明月光無法打麻將真
想摸四圈請電燈幫忙
八
今日碰上掃把星手氣背得
想不通四圈只胡了一把怎
不橫眉瞪眼睛

七　透窗明月光，無法打麻將；真想摸四圈，請電燈幫忙。

八　今日碰上掃把星，手氣背得想不通；四圈只胡了一把，怎不橫眉瞪眼睛。

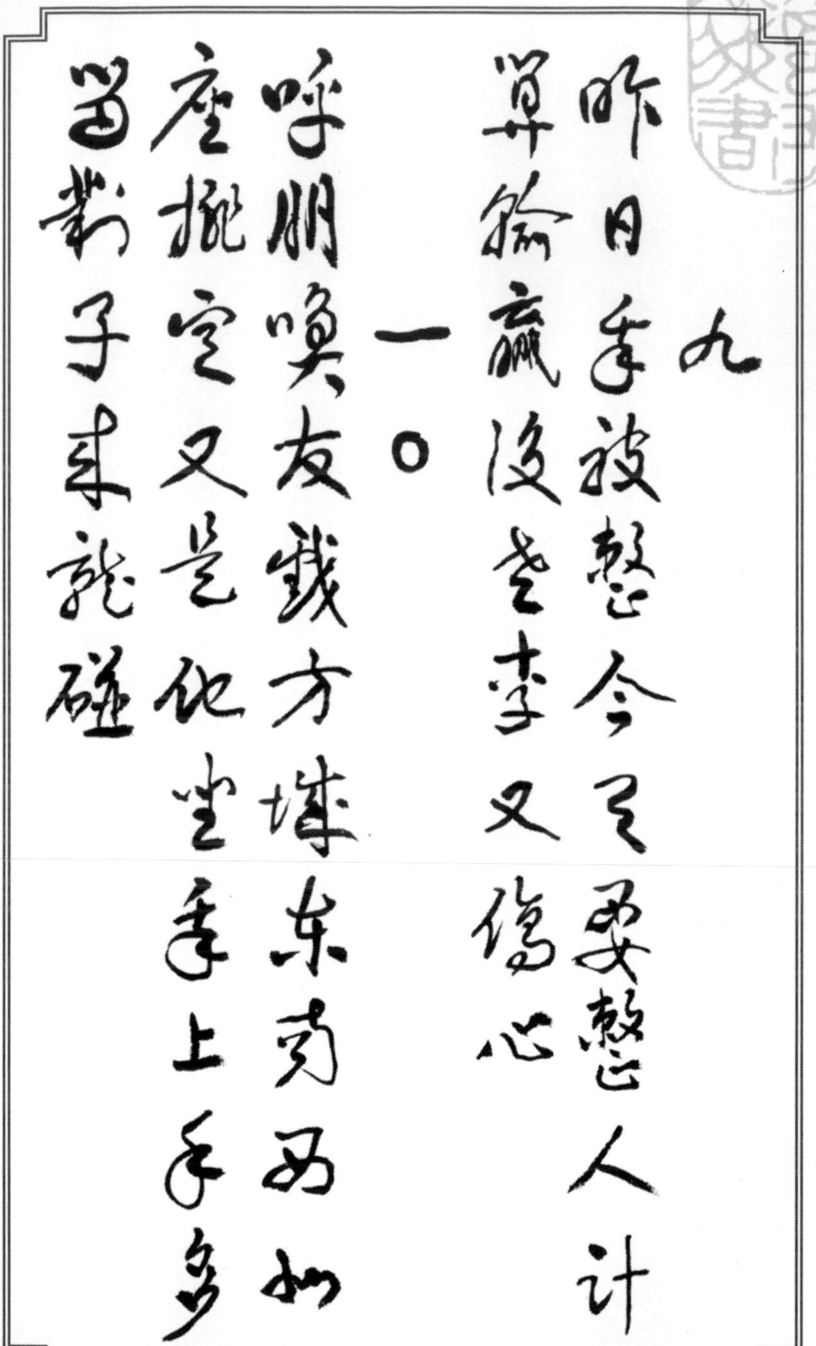
九
昨日我被整今天要整人計
算輸贏後老李又傷心
一〇
呼朋喚友戲方城東南西北
座排定又是他坐上手多
留對子來就碰

九　昨日我被整，今天要整人；計算輸贏後，老李好傷心。

一〇　呼朋喚友戲方城，東南西北座排定；又是他坐我上手，多留對子來就碰。

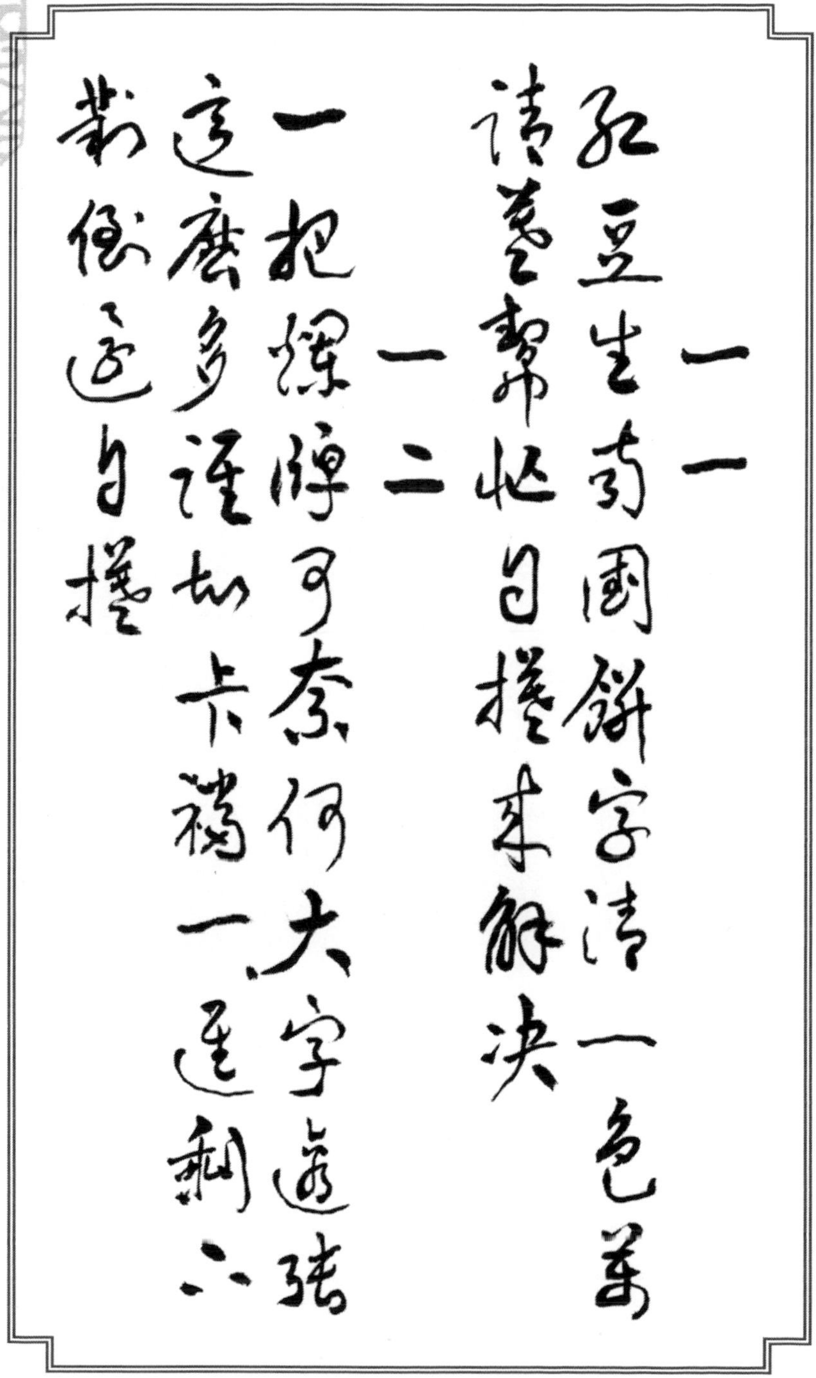
一一
紅豆生南國餅字清一色
萬請莫幫忙自摸來解決
一二
一把爛牌可奈何大字邊張
這麼多誰知卡襠一一進剩下
對倒還自摸

【一一】紅豆生南國，餅字清一色；萬請莫幫忙，自摸來解決。

【一二】一把爛牌可奈何，大字邊張這麼多；誰知卡襠一一進，剩下對倒還自摸。

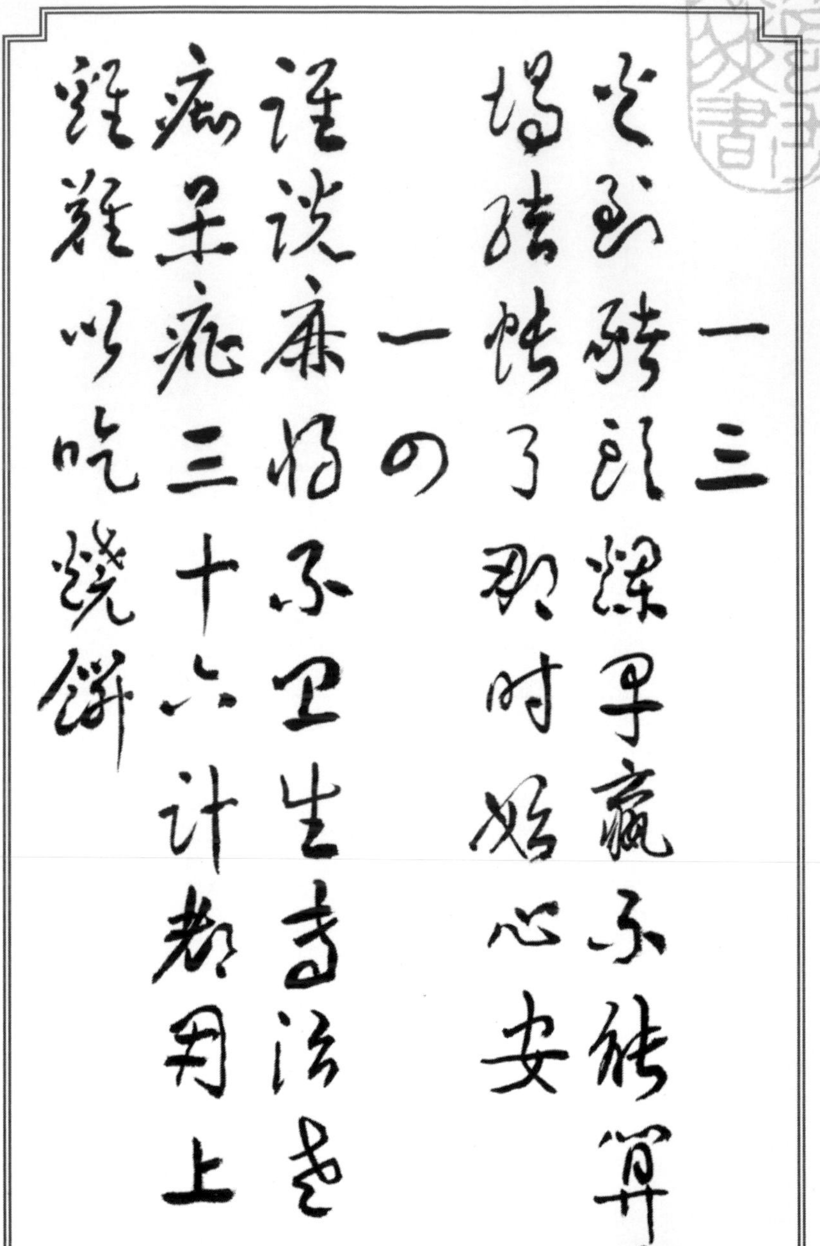

一三　火到豬頭爛，早贏不能算；終場結帳了，那時才心安。

一四　誰說麻將不衛生，專治老人痴呆症；三十六計都用上，小雞難以吃燒餅。

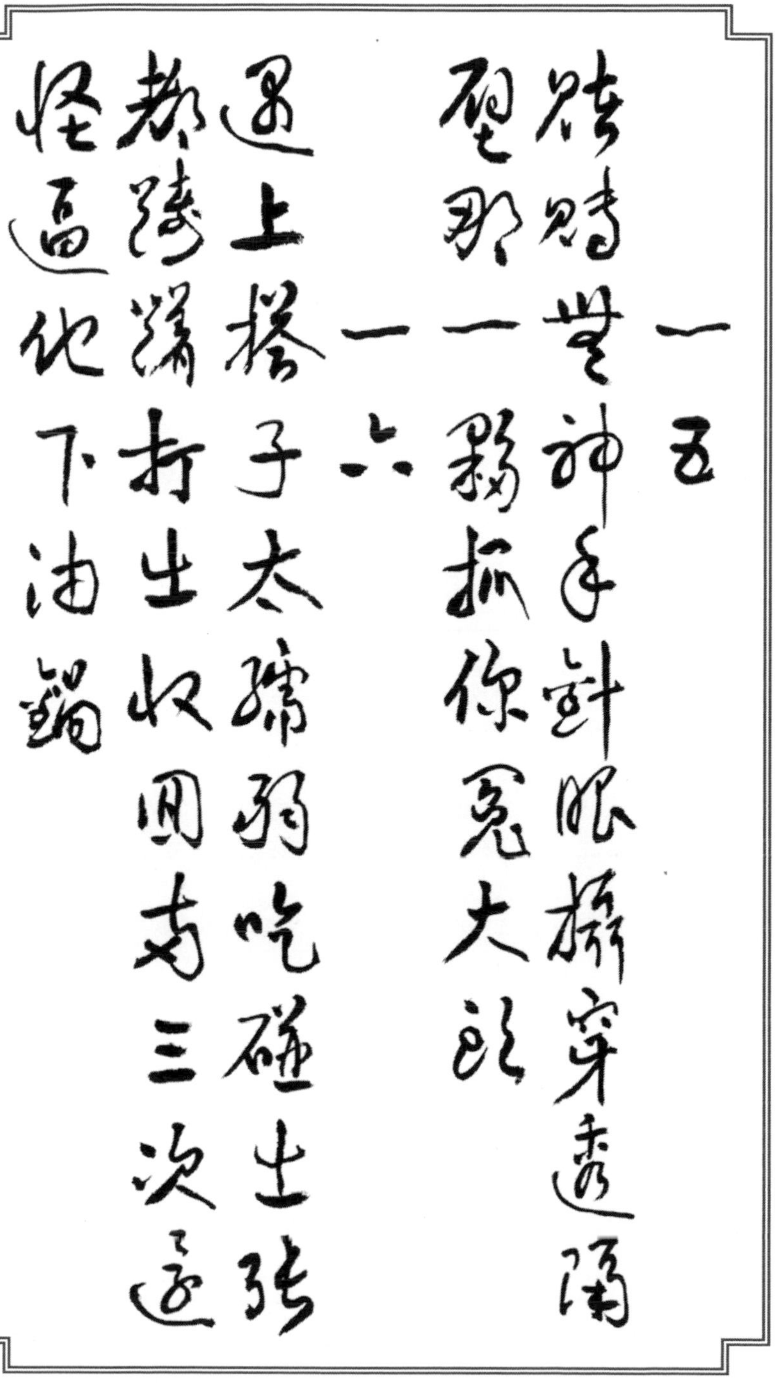

一五　賭博無神手，針眼攝穿透；隔壁那一夥，抓你冤大頭。

一六　遇上搭子太懦弱，吃碰出張都躊躇；打出收回兩三次，還怪逼他下油鍋。

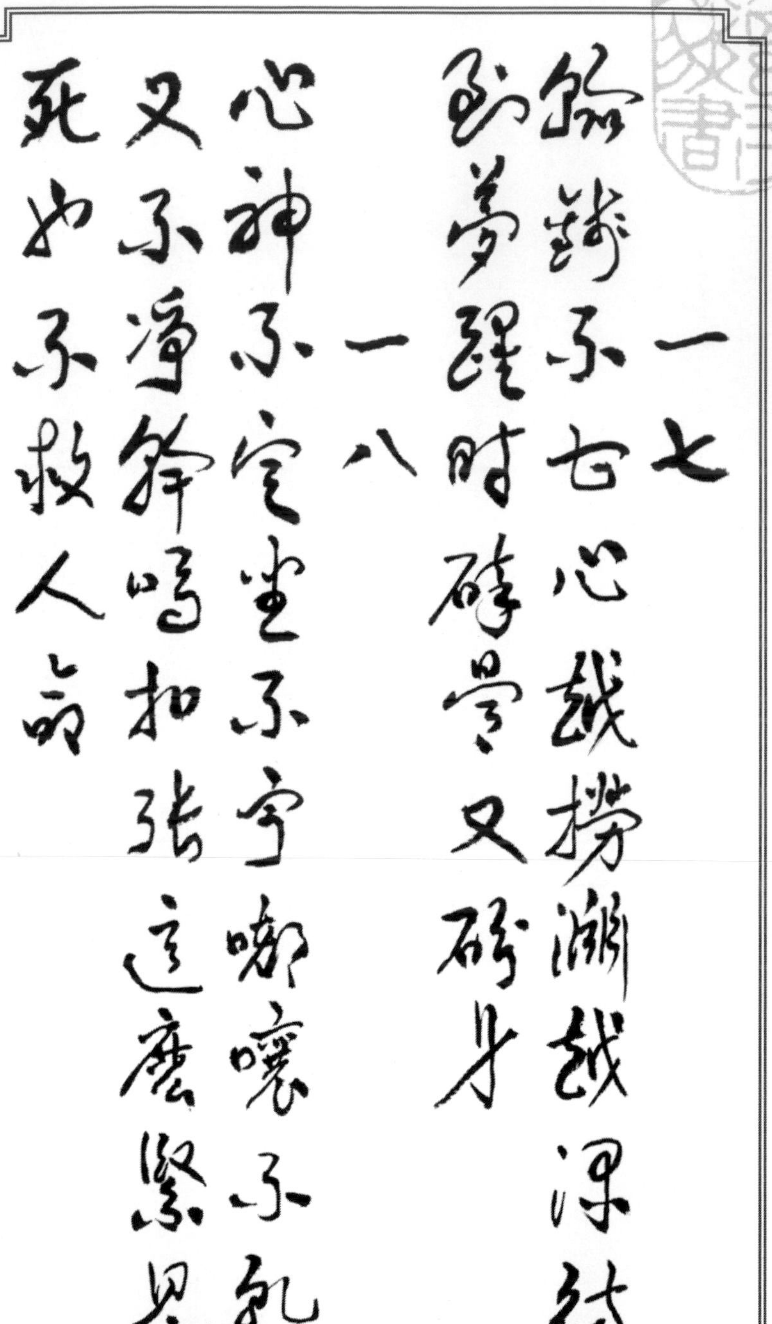

一七　輸錢不甘心，越撈淵越深；待到夢醒時，碎骨又粉身。

一八　心神不定坐不寧，嘟囔不乾又不淨；幹嗎扣張這麼緊，見死也不救人命。

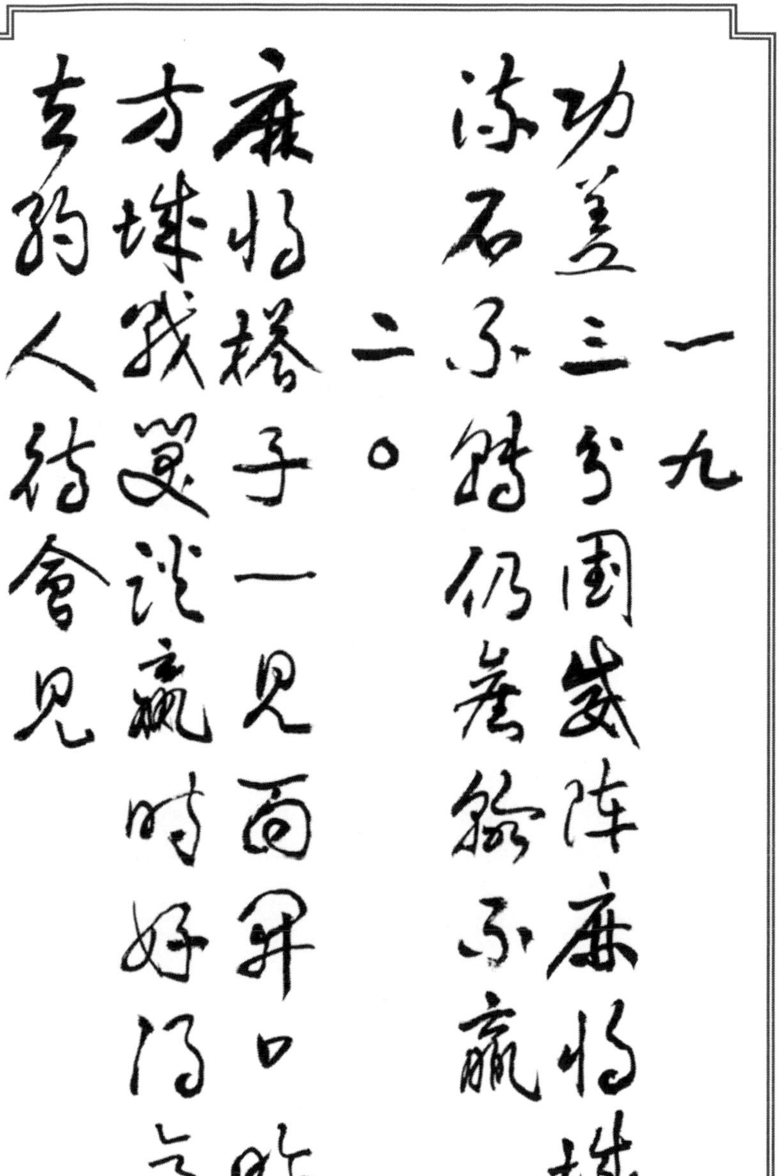

一九　功蓋三分國，威鎮麻將城；江流石不轉，仍舊輸不贏。

二〇　麻將搭子一見面，開口昨天方城戰；笑談贏時好得意，快去約人待會見。

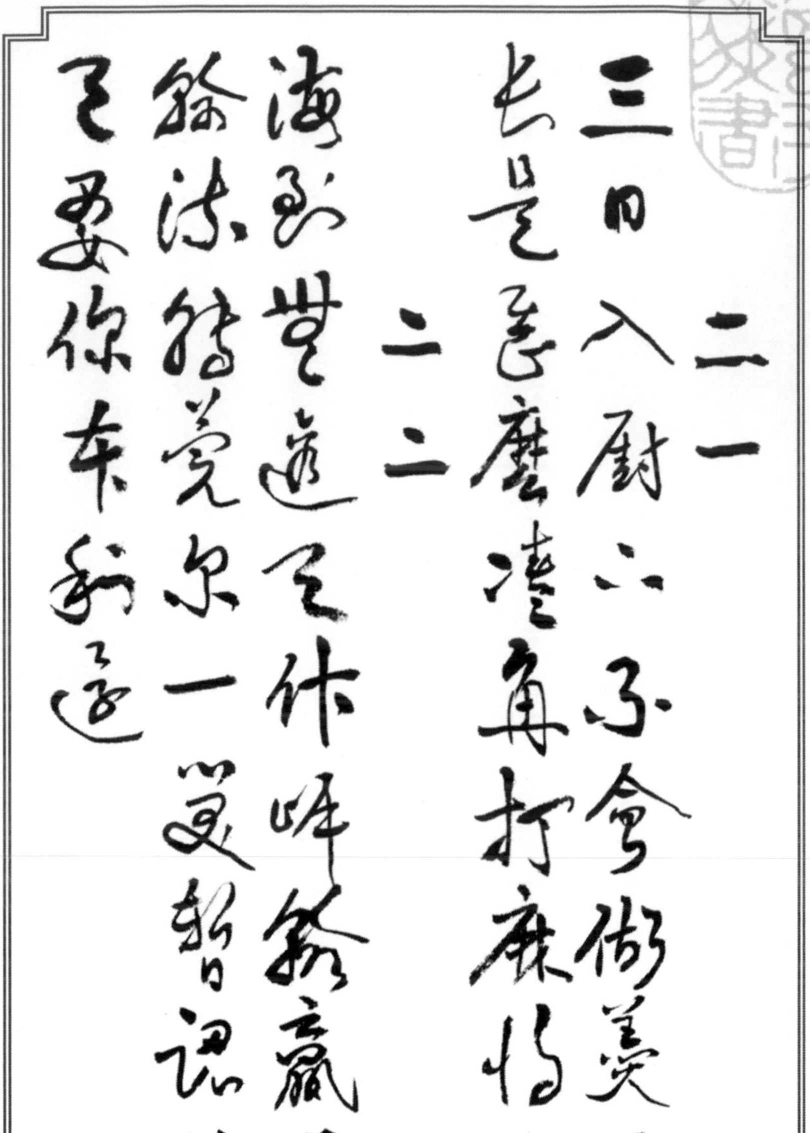
二一
三日入廚下不會做羹湯專長是甚麼湊角打麻將
二二
海到無邊天作岸輸贏總是輸流轉莞爾一笑暫認輸明天要你本利還

二一　三日入廚下，不會做羹湯；專長是甚麼，湊角打麻將。

二二　海到無邊天作岸，輸贏總是輸流轉；莞爾一笑暫認輸，明天要你本利還。

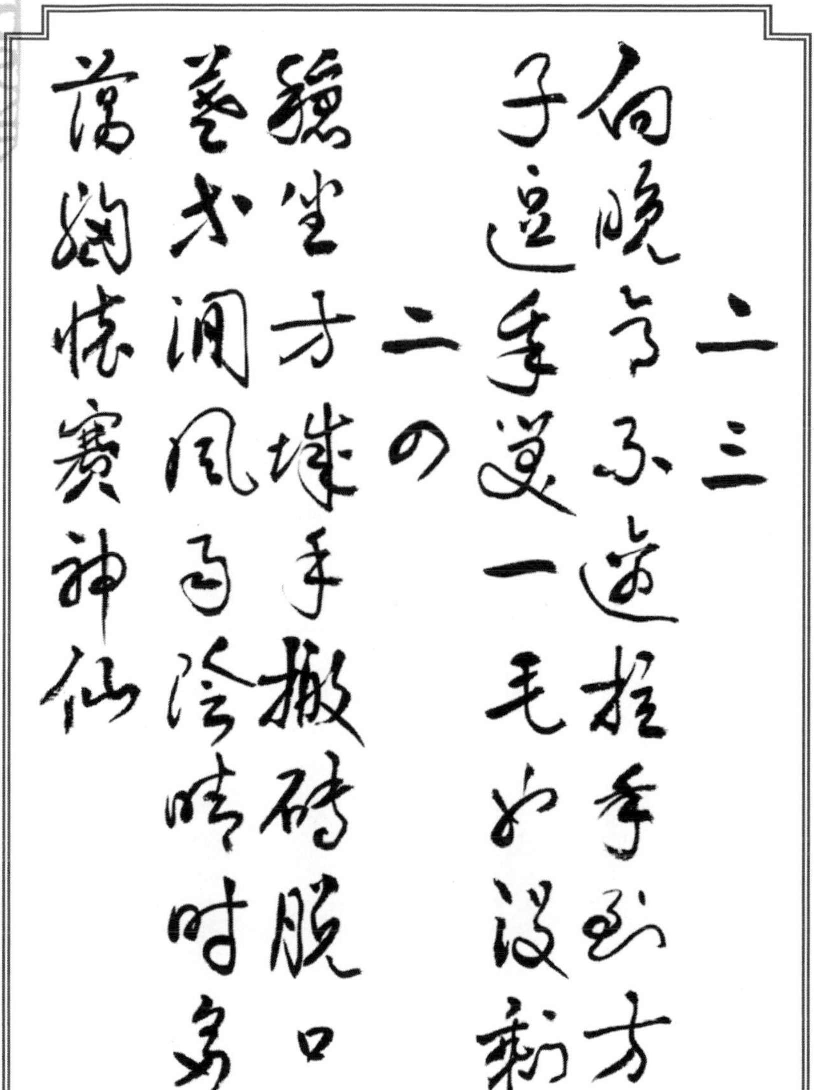
二三
向晚意不適拉我到方城搭
子逗我笑一毛也沒剩
二四
穩坐方城手搬磚脫口說莫
等閒風雨陰晴時多雲坦
蕩胸懷賽神仙

二三　向晚意不適，拉我到方城；搭子逗我笑，一毛也沒剩。

二四　穩坐方城手搬磚，脫口說話莫等閒；風雨陰晴時多雲，坦蕩胸懷賽神仙。

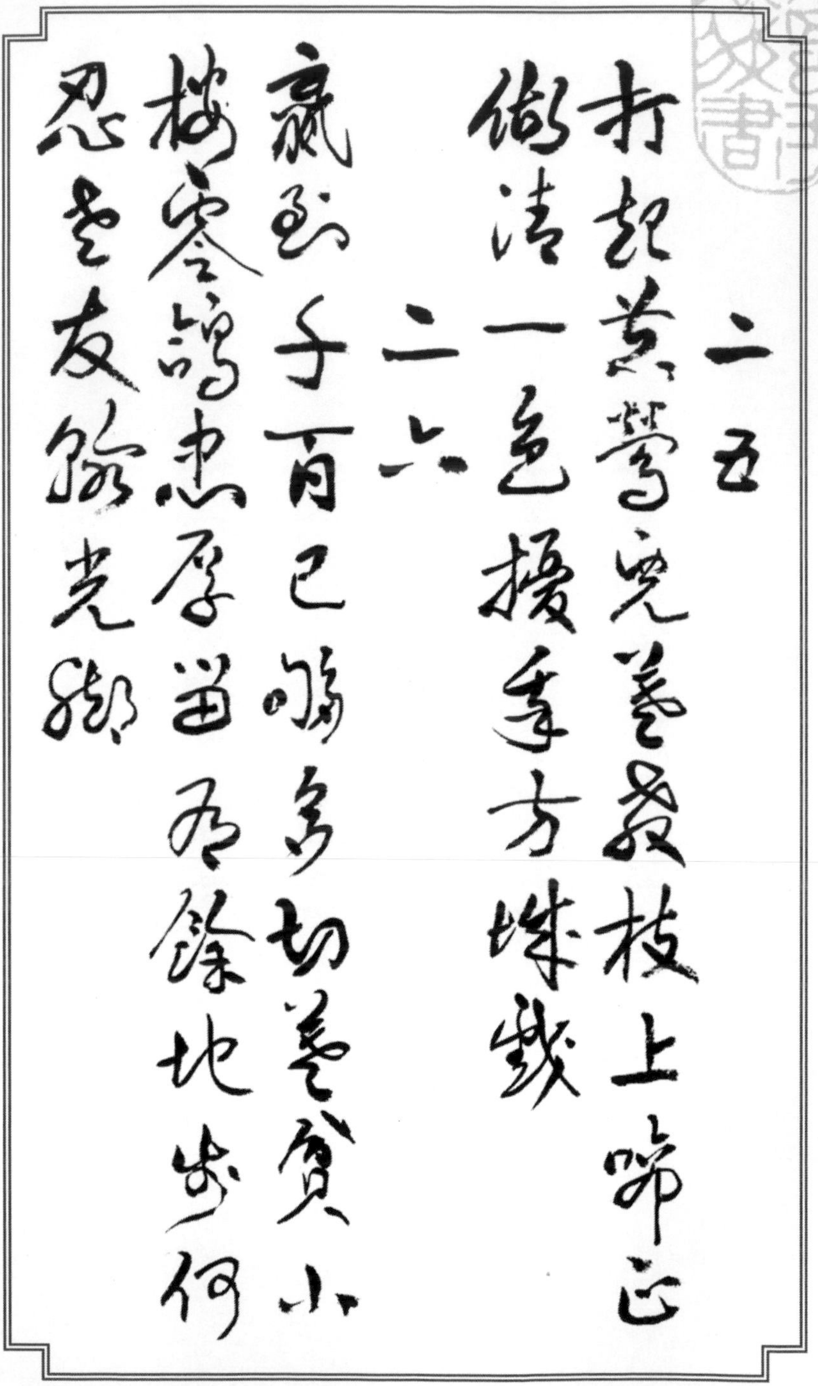
二五
打起黃鶯兒莫叫枝上啼正
做湊一色擾我方城戲
二六
贏到千百已夠多切莫貪小
摟零鴿忠厚留有餘地步何
忍老友輸光腳

二五 打起黃鶯兒，莫叫枝上啼；正做湊一色，擾我方城戲。

二六 贏到千百已夠多，切莫貪小摟零鴿；忠厚留有餘地步，何忍老友輸光腳。

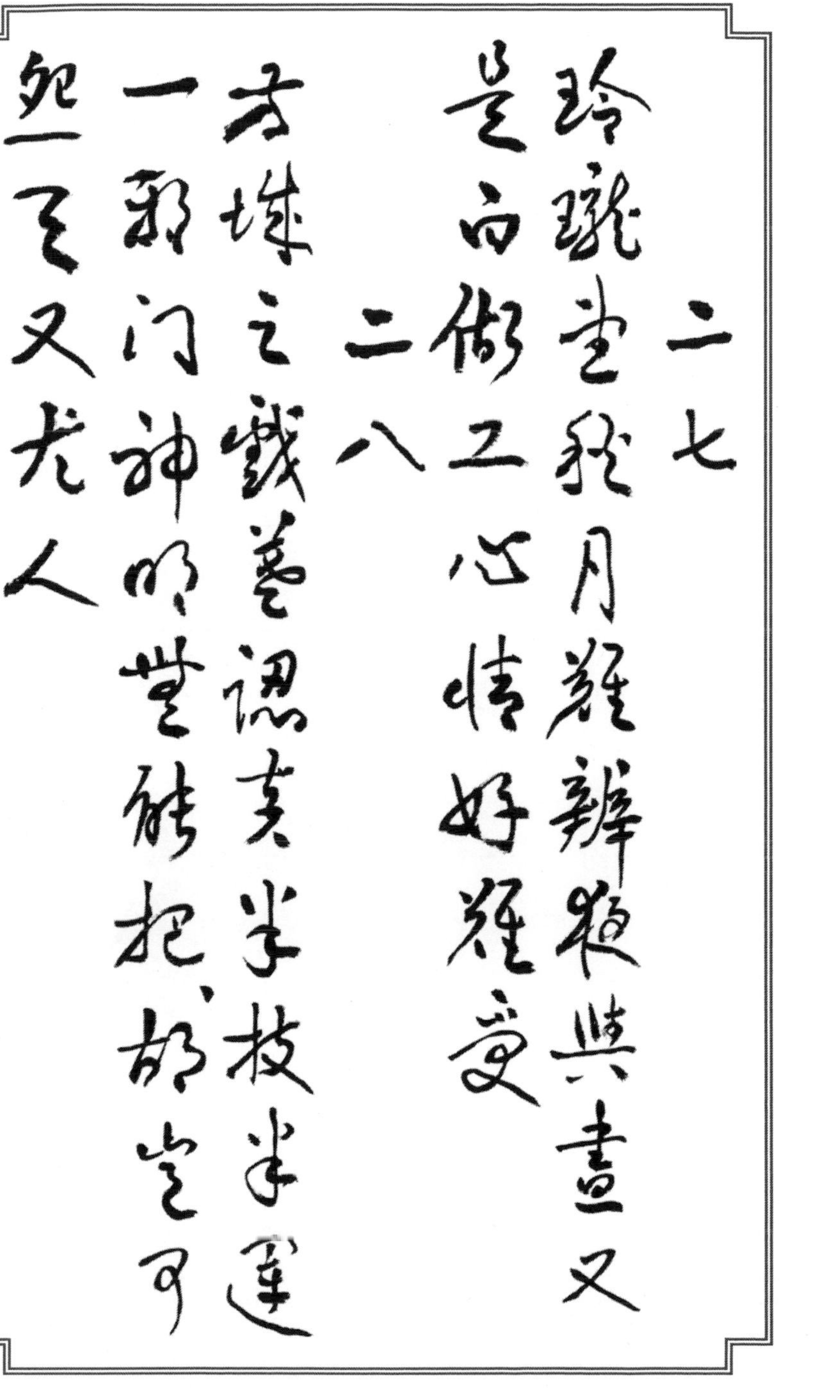
二七
玲瓏望秋月難辨夜與晝又是白做工心情好難受
二八
方城之戲莫認真半技半運一邪門神明無能把把胡豈可怨天又尤人

二七　玲瓏望秋月，難辨夜與晝；又是白做工，心情好難受。

二八　方城之戲莫認真，半技半運一邪門；神明無能把把胡，豈可怨天又尤人。

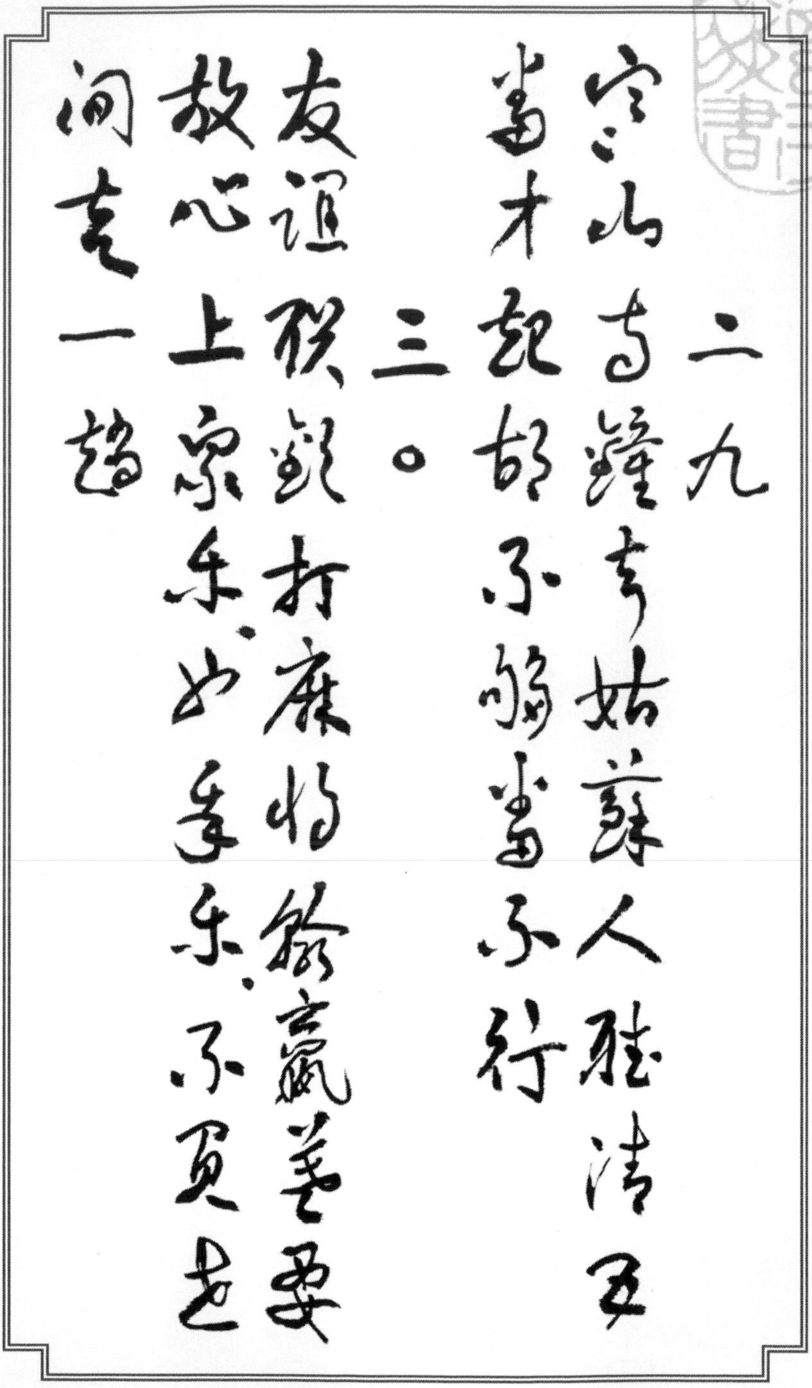

二九　寒山寺鐘聲，姑蘇人聽清；五翻才起胡，不夠翻不行。

三〇　友誼聯歡打麻將，輸贏莫要放心上；眾樂樂也我樂樂，不負世間走一趟。

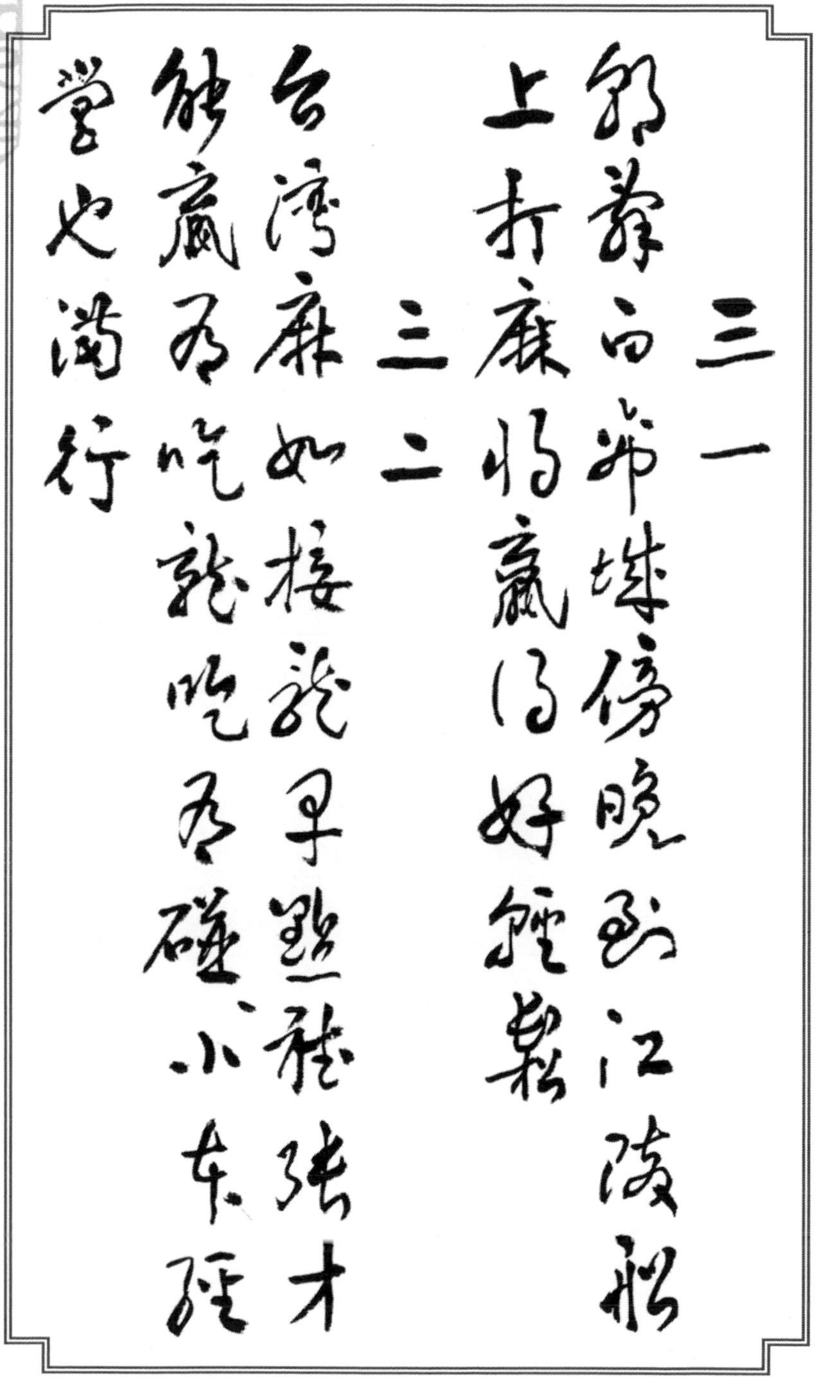

三一　朝辭白帝城，傍晚抵江陵；船上打麻將，贏得好輕鬆。

三二　台灣麻將如接龍，早點聽張才能贏；有吃就吃有碰碰，小本經營也滿行。

三三

月黑燕飛高手順運氣好剛
抓來卡襠緊接就胡了

三四

不見兔子不撒鷹莫拿生張
去進攻只要自己不放炮任他
自摸一般平

三三　月黑燕飛高，手順運氣好；剛抓來卡襠，緊接就胡了。

三四　不見兔子不撒鷹，莫拿生張去進攻；只要自己不放炮，任他自摸一般平。

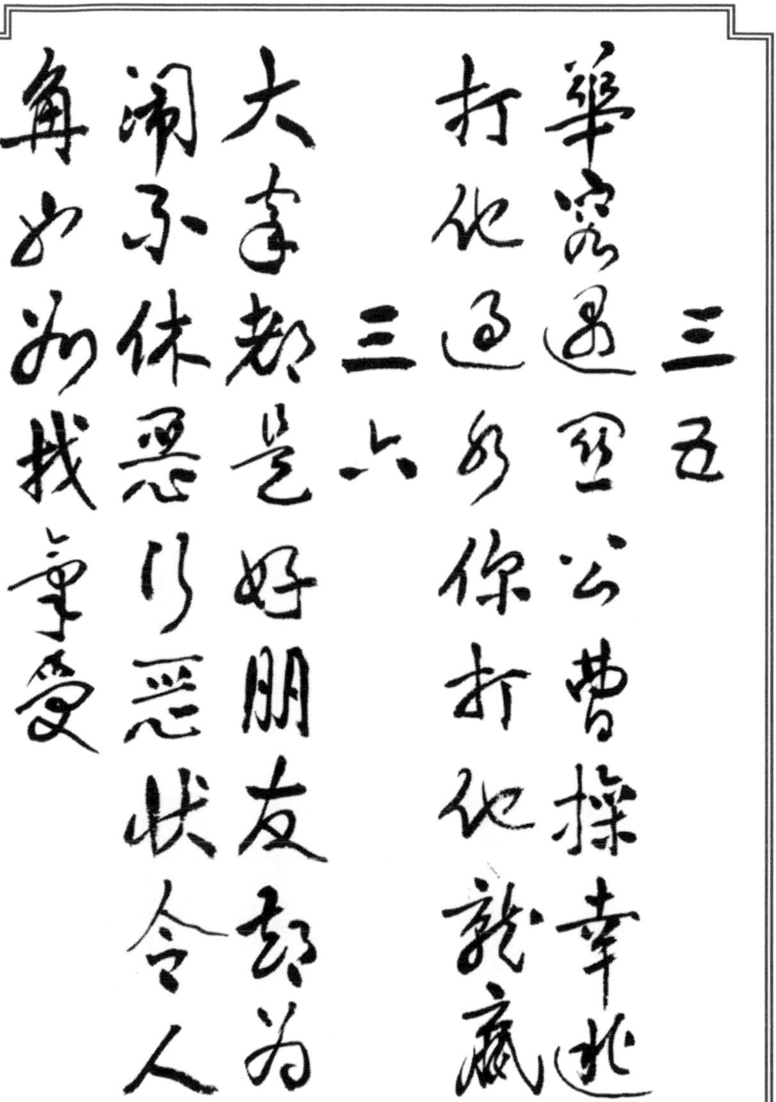

三五　華容遇關公，曹操幸逃生；我打他過水，你打他就贏。

三六　大家都是好朋友，卻為麻將鬧不休；惡行惡狀令人怕，缺角也別找氣受。

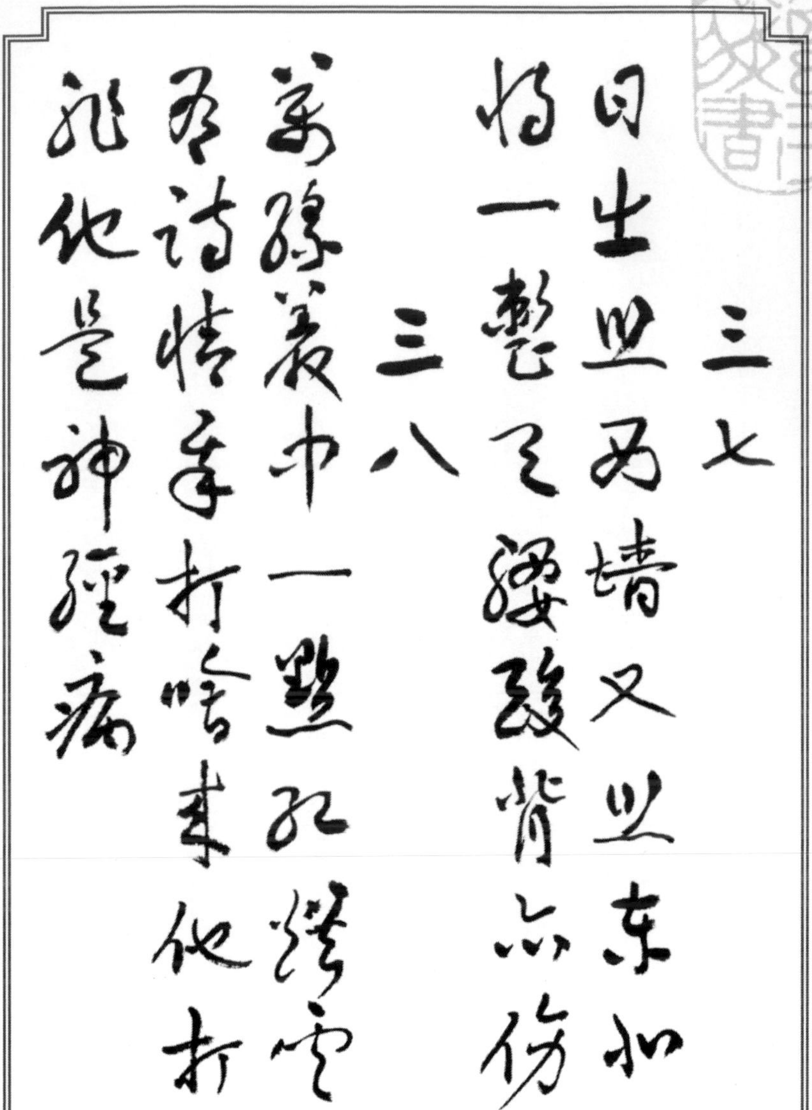

三七　日出照西牆，又照東北方；麻將一整天，腰酸背亦傷。

三八　萬綠叢中一點紅，烘雲托月有詩情；我打啥來他打啥，莫非他是神經病。

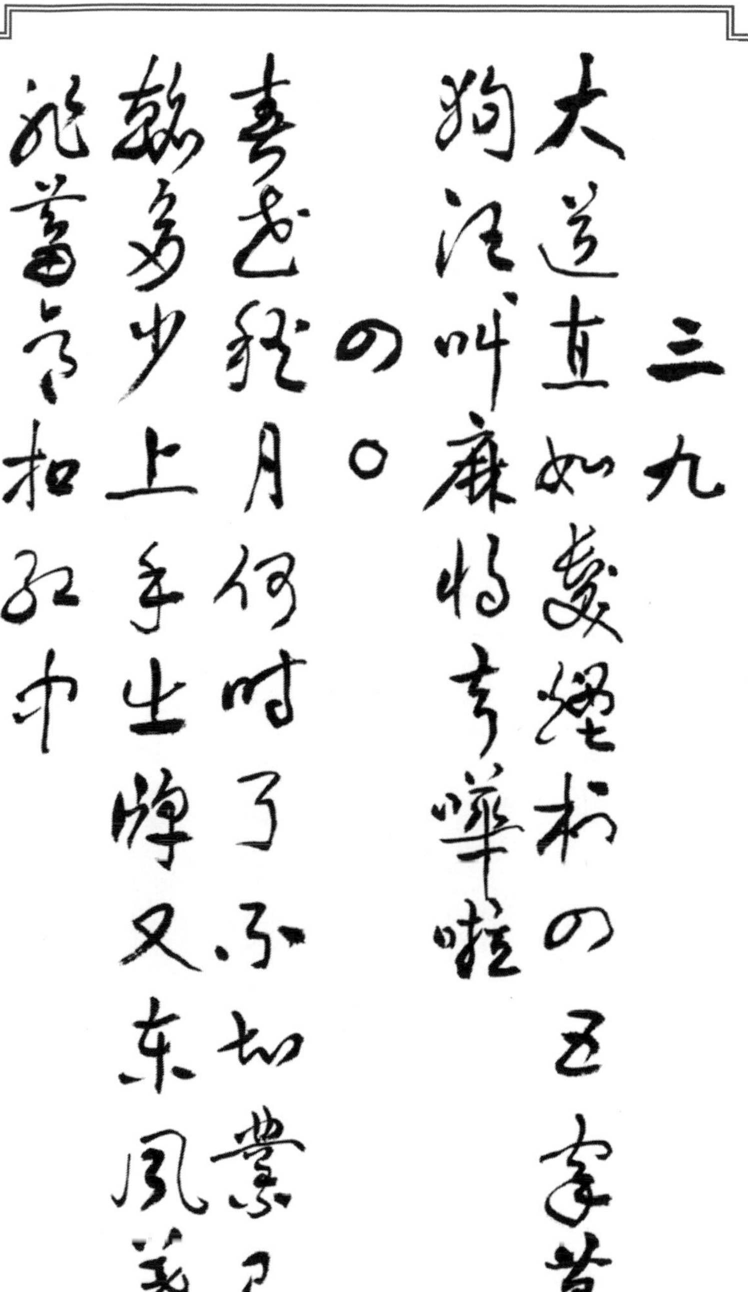

三九 大道直如髮，煙村四五家；黃狗汪汪叫，麻將聲嘩啦。

四〇 春花秋月何時了，不知業已輸多少；上手出牌又東風，莫非蓄意扣紅中。

の一
賣車到錦水產業道路追買
主出方城現金一大堆

の二
技術本位老麻將鳥語花香
百花開不料走碰馬失蹄樂
極生悲與變衰

四一　賣車到錦水，產業道路追；買主出方城，現金一大堆。

四二　技術本位老麻將，鳥語花香百花開；不料走碰馬失蹄，樂極生悲與變衰。

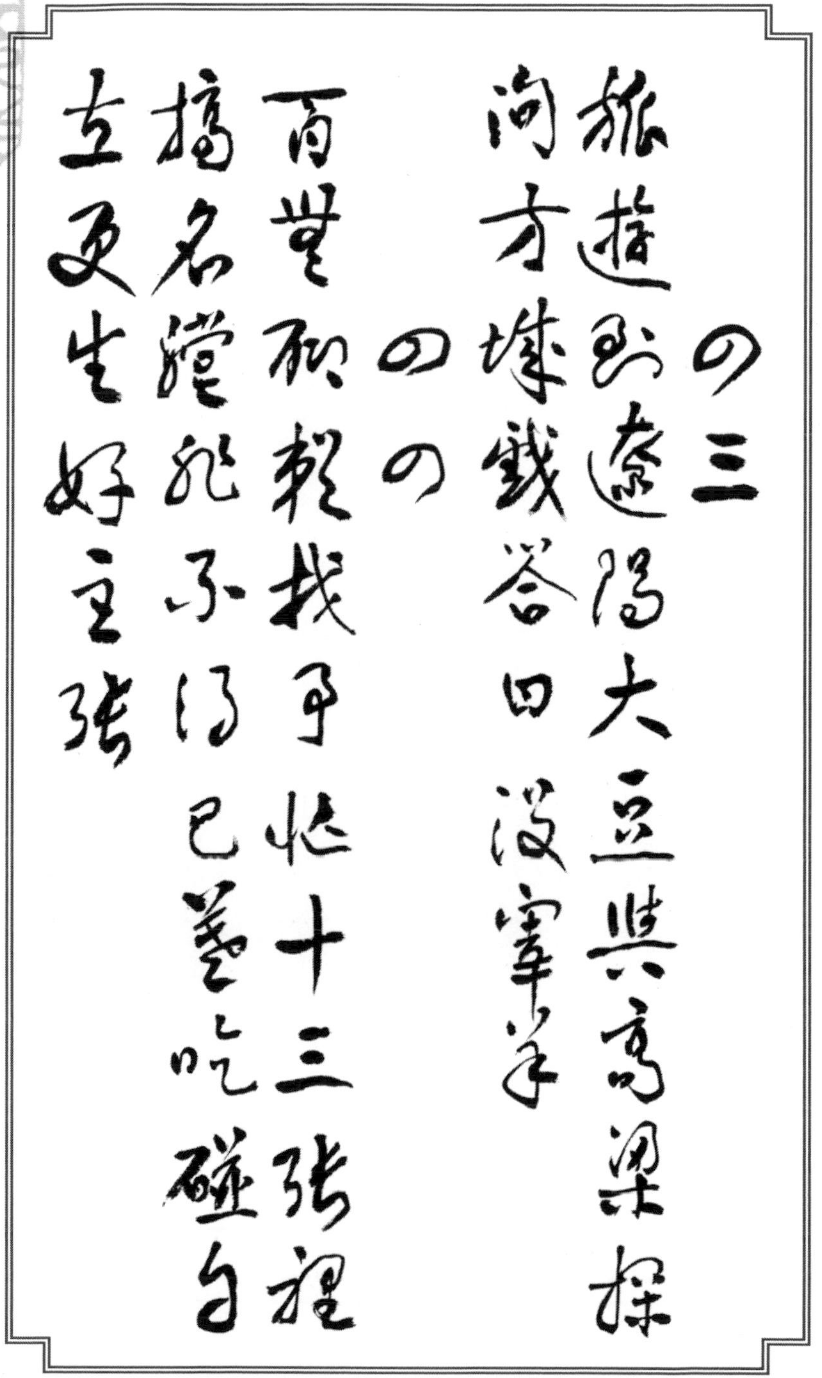

四三 旅遊到遼陽，大豆與高粱；探詢方城戲，答曰沒宰羊。

四四 百無聊賴找事忙，十三張裡搞名膛；非不得已莫吃碰，自立更生好主張。

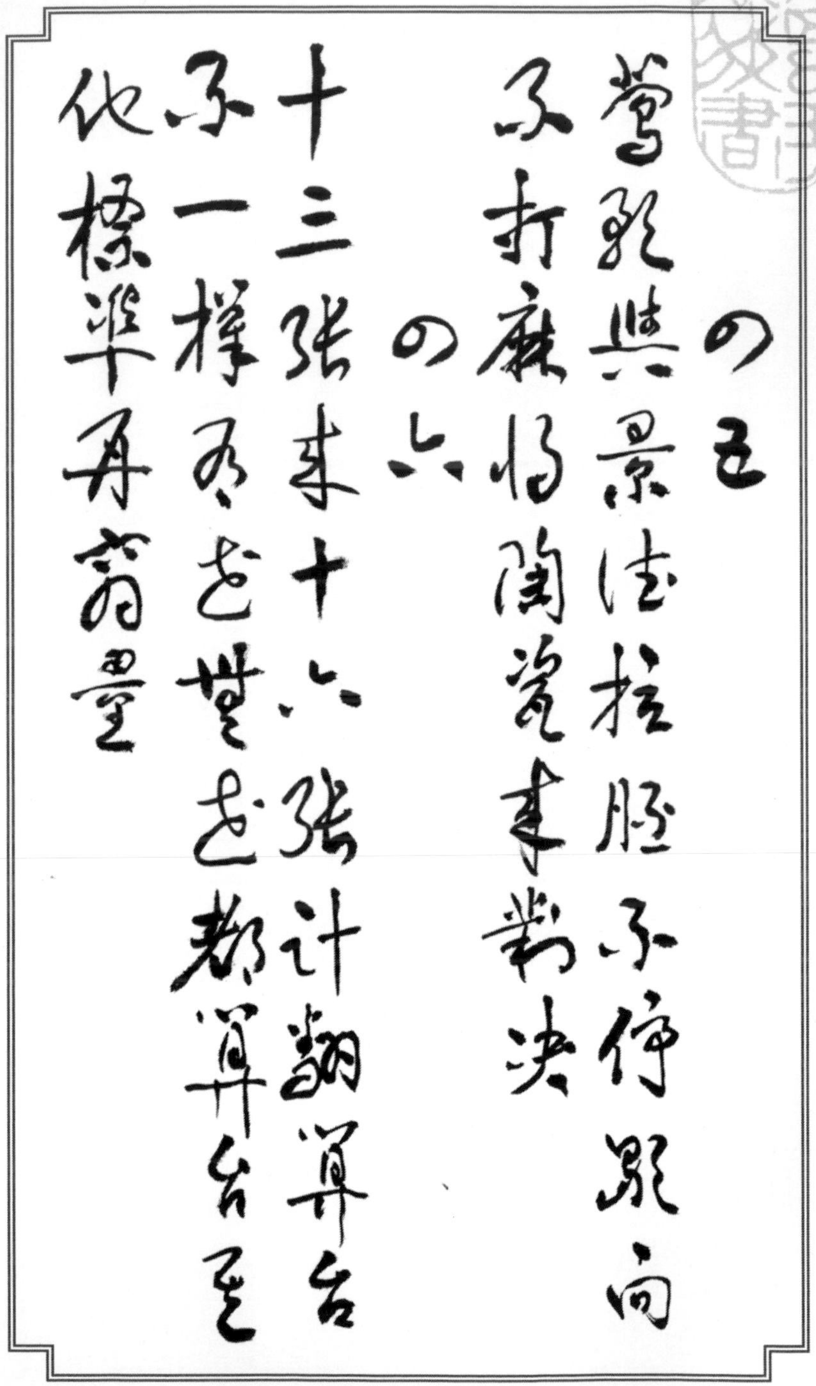

四五 鶯歌與景德，拉胚不停歇；向不打麻將，陶瓷來對決。

四六 十三張來十六張，計翻算檯不一樣；有花無花都算檯，其他標準再商量。

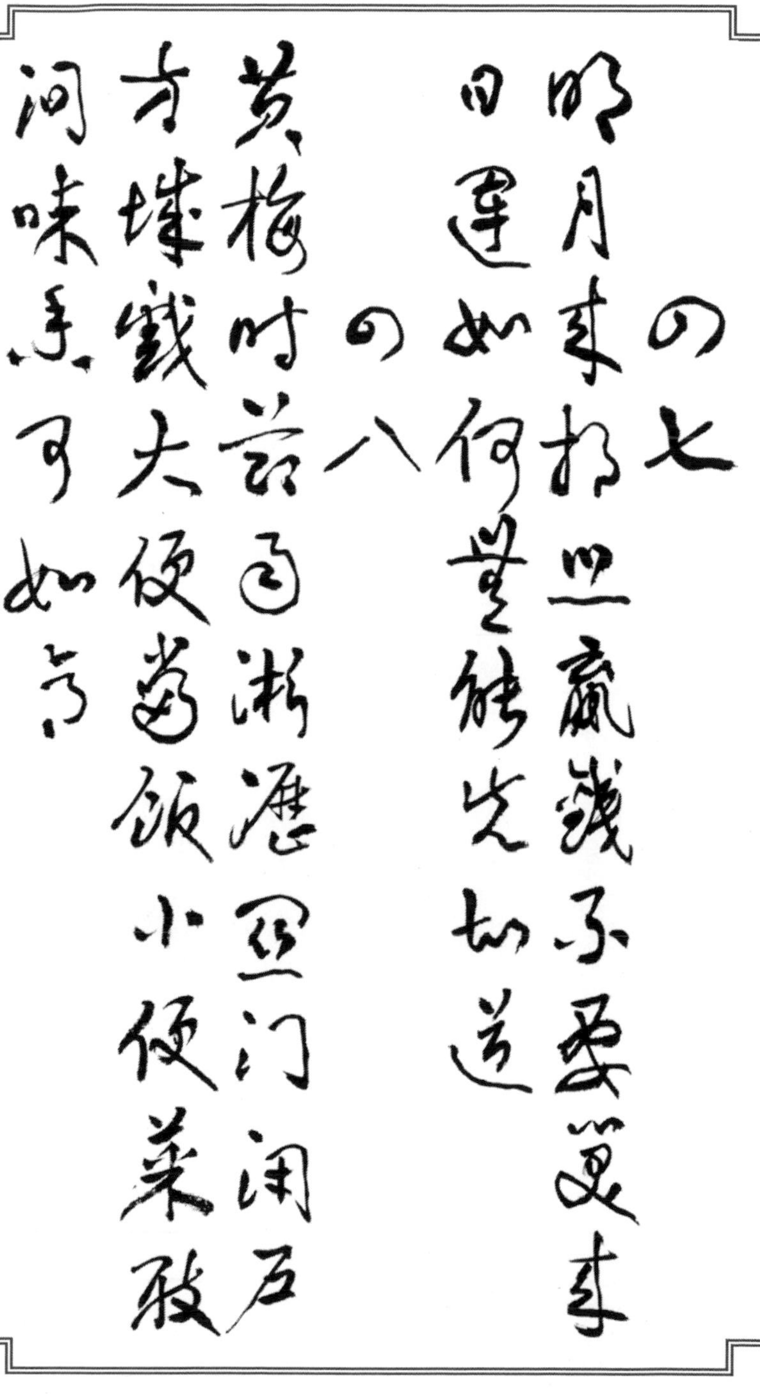

四七　明月來相照，贏錢不要笑；來日運如何，無能先知道。

四八　黃梅時節雨淅瀝，關門閉戶方城戲；大便當飯小便菜，敢問味香可如意。

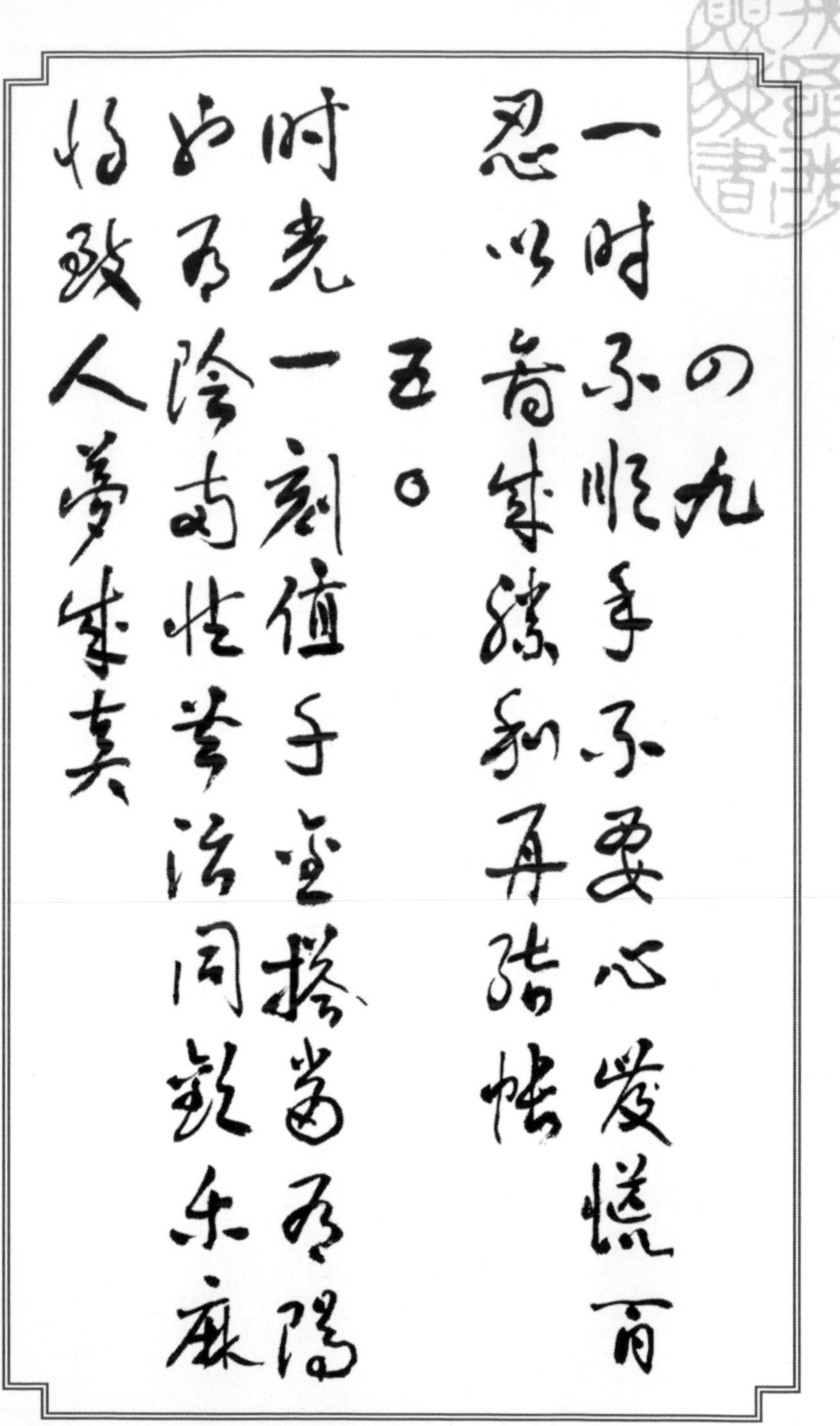

四九 一時不順手，不要心發慌；百忍以圖成，勝利再結帳。

五〇 時光一刻值千金，搭擋有陽也有陰；兩性共治同歡樂，麻將致人夢成真。

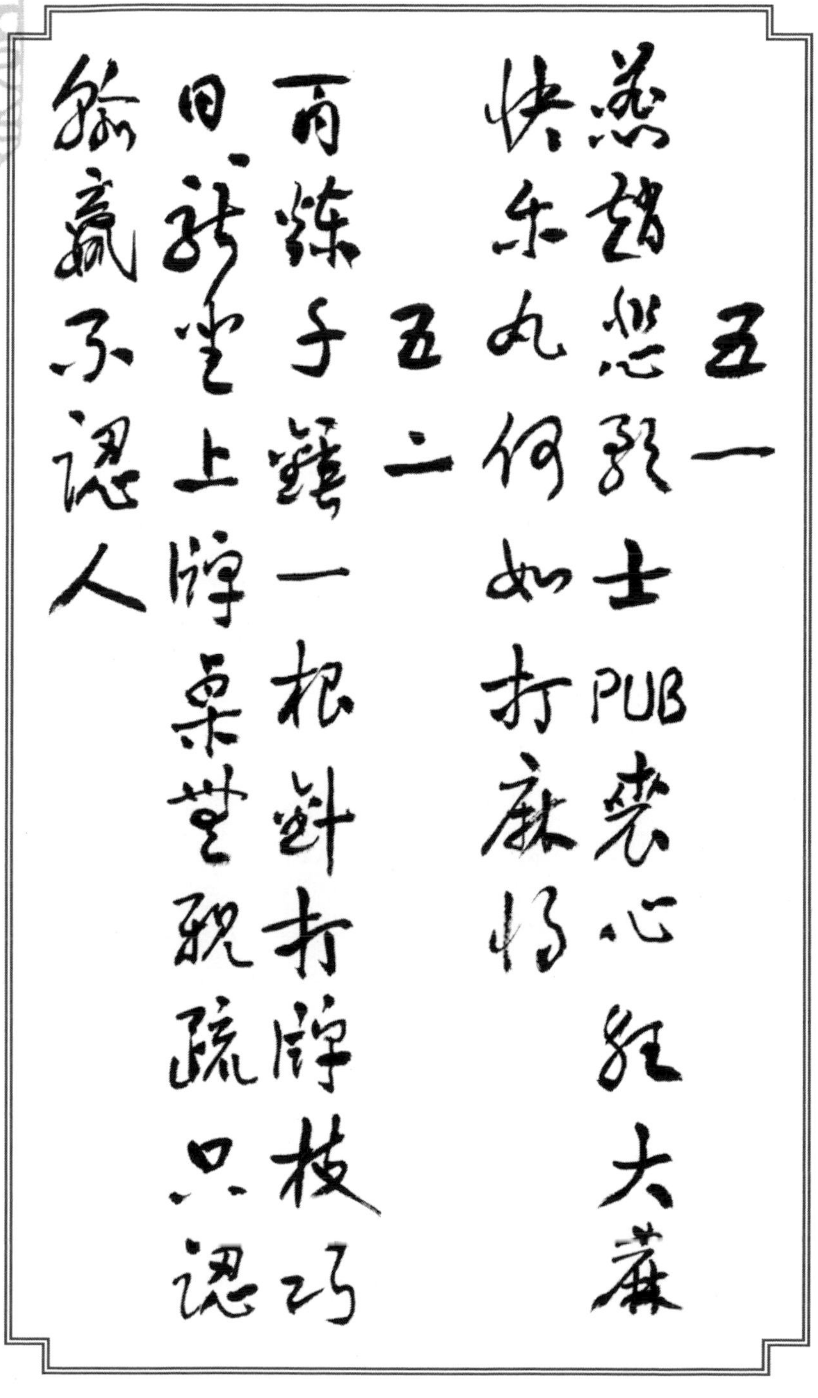

五一 燕趙悲歌士，PUB喪心狂；大麻快樂丸，何如打麻將。

五二 百鍊千鍾一根針，打牌技巧日日新；坐上牌桌無親疏，只認輸贏不認人。

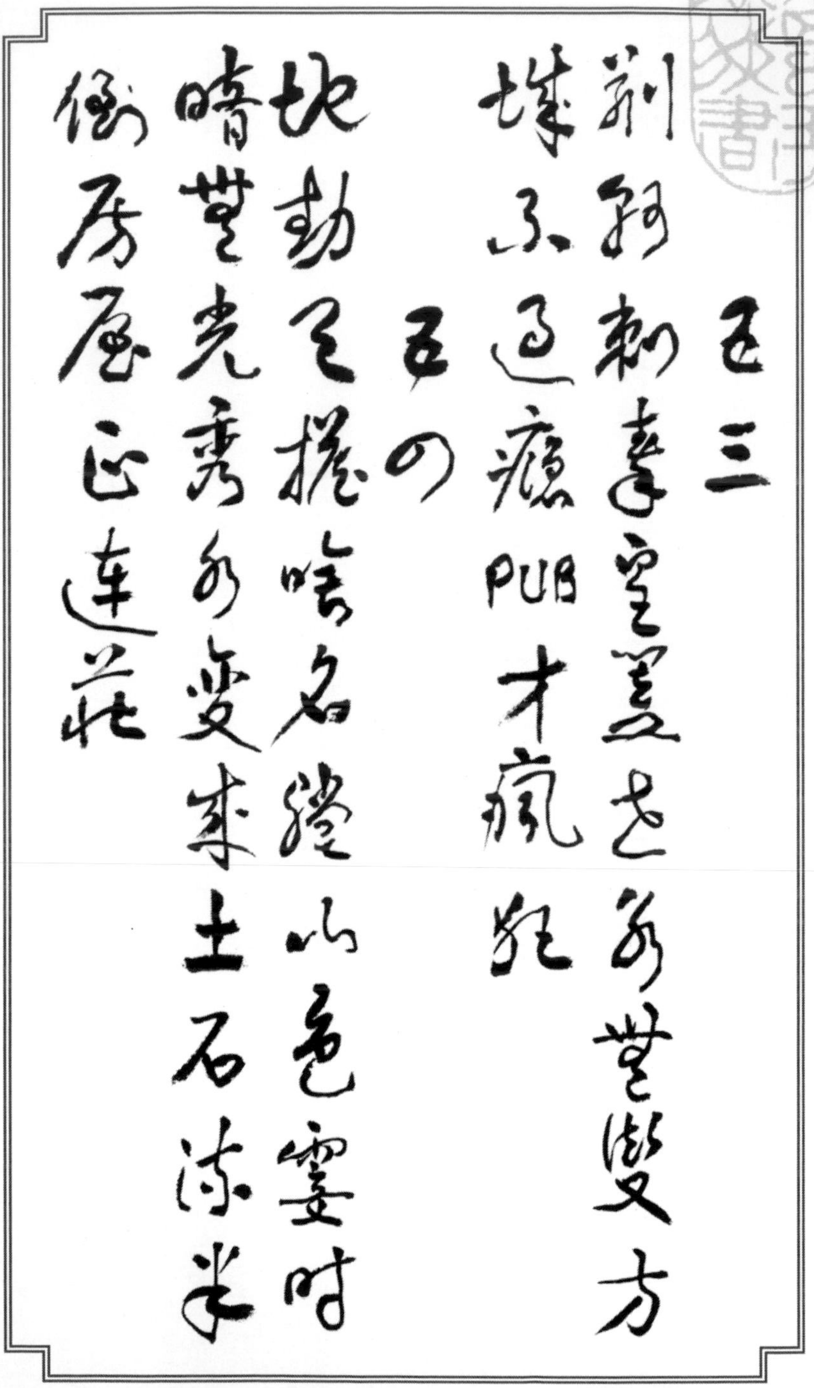

五三 荊軻刺秦皇，蓋世永無雙；方城不過癮，PUB才瘋狂。

五四 地動天搖啥名膛，山色霎時暗無光；秀水變成土石流，半倒房屋正連莊。

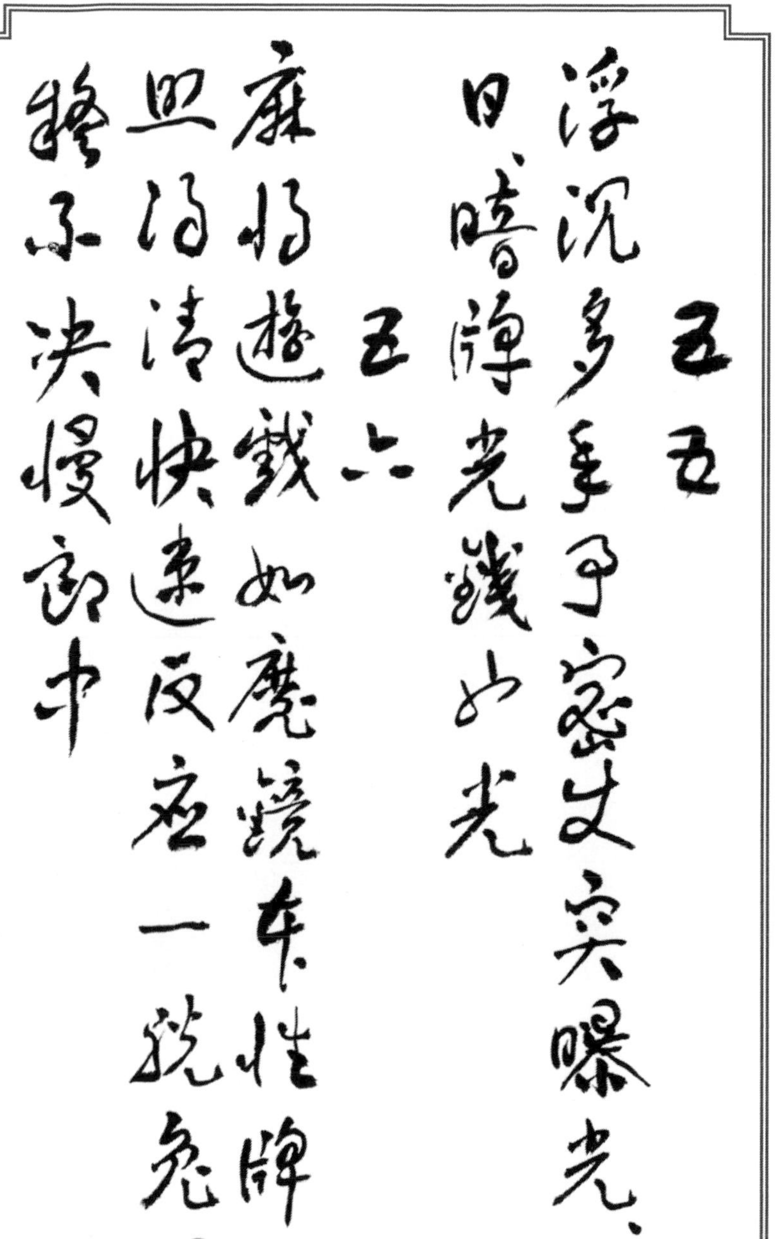

五五　浮沉多年事，窑使突曝光；光環日日黯，牌光錢也光。

五六　麻將遊戲如魔鏡，本性牌品照得清；快速反應一脫兔，猶豫不決慢郎中

五七
明朝有劉僅當今小蘇子有
否掉一條也是一秘密

五八
櫻桃小口到耳腮輕易不把
嘴張開滿貫自摸笑開懷腦
袋差點翻過來

五七　明朝有劉僅，當今小蘇子；有否掉一條，也是一秘密。

五八　櫻桃小口到耳腮，輕易不把嘴張開；滿貫自摸笑開懷，腦袋差點翻過來。

五九 白髮三千丈，雲散星亦稀；乾坤袖裡轉，曝光一白皮。

六〇 獨上西樓月如鉤，夜戰馬超不停休；一條龍兼二八將，要想欠帳免開口。

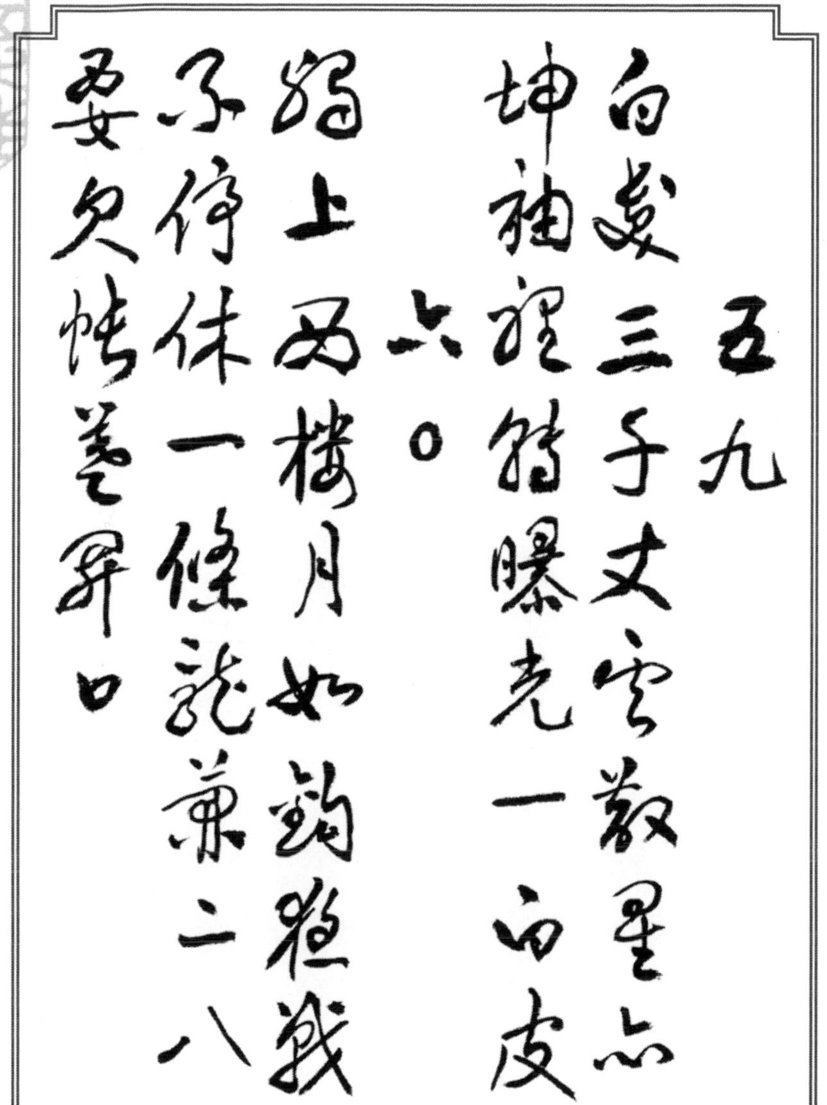
五九
白髮三千丈雲散星亦稀乾
坤袖裡轉曝光一白皮
六〇
獨上西樓月如鉤夜戰馬超
不停休一條龍兼二八將
要欠帳免開口

六一

美金八千萬運美遭退還方
城已不保教君姿意憐

六二

蓬門今始為君開盼望送進
卡檔來不解風情呆頭鵝光
棍一生可別怪

六一　美金八千萬，運美遭退還；方城已不保，教君姿意憐。

六二　蓬門今始為君開，盼望送進卡檔來；不解風情呆頭鵝，光棍一生可別怪。

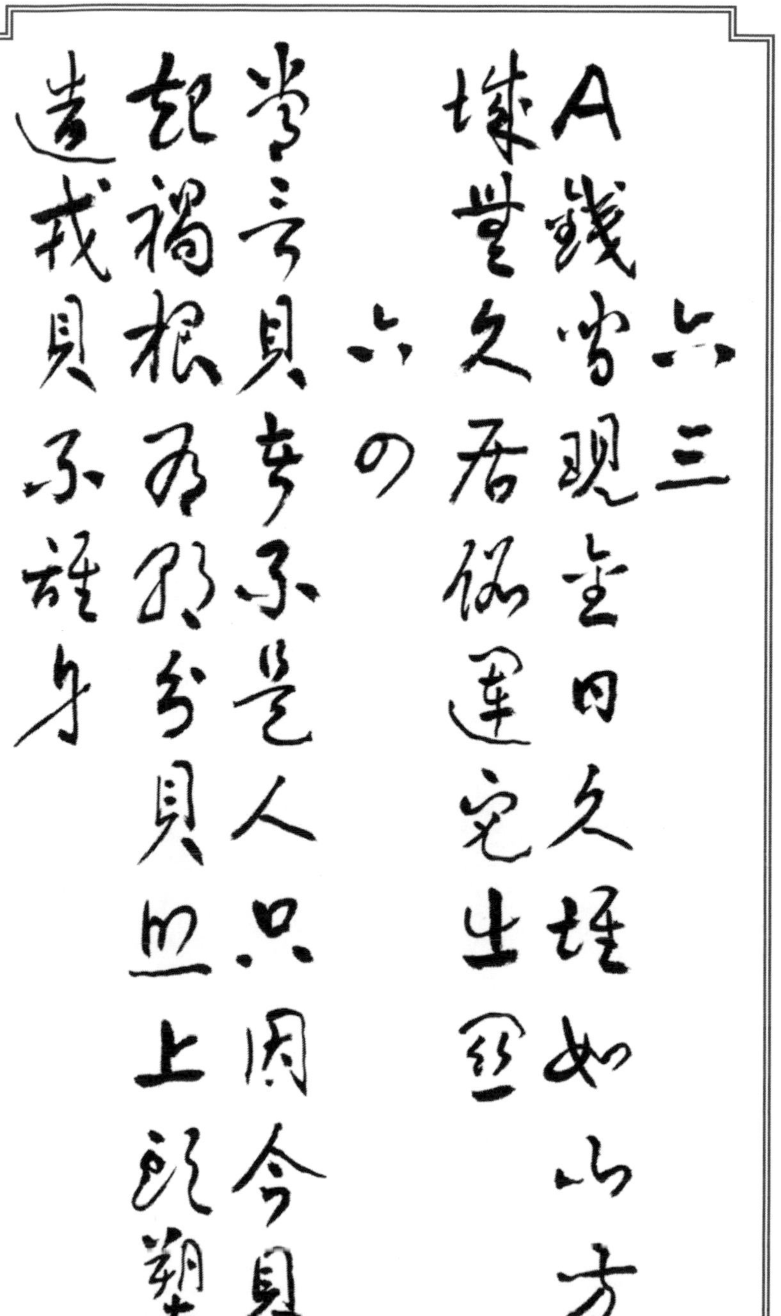

六三 A錢皆現金，日久堆如山；方城無久居，偷運它出關。

六四 常言貝者不是人，只因今貝起禍根；有朝分貝罩上頭，塑造戎貝不離身。

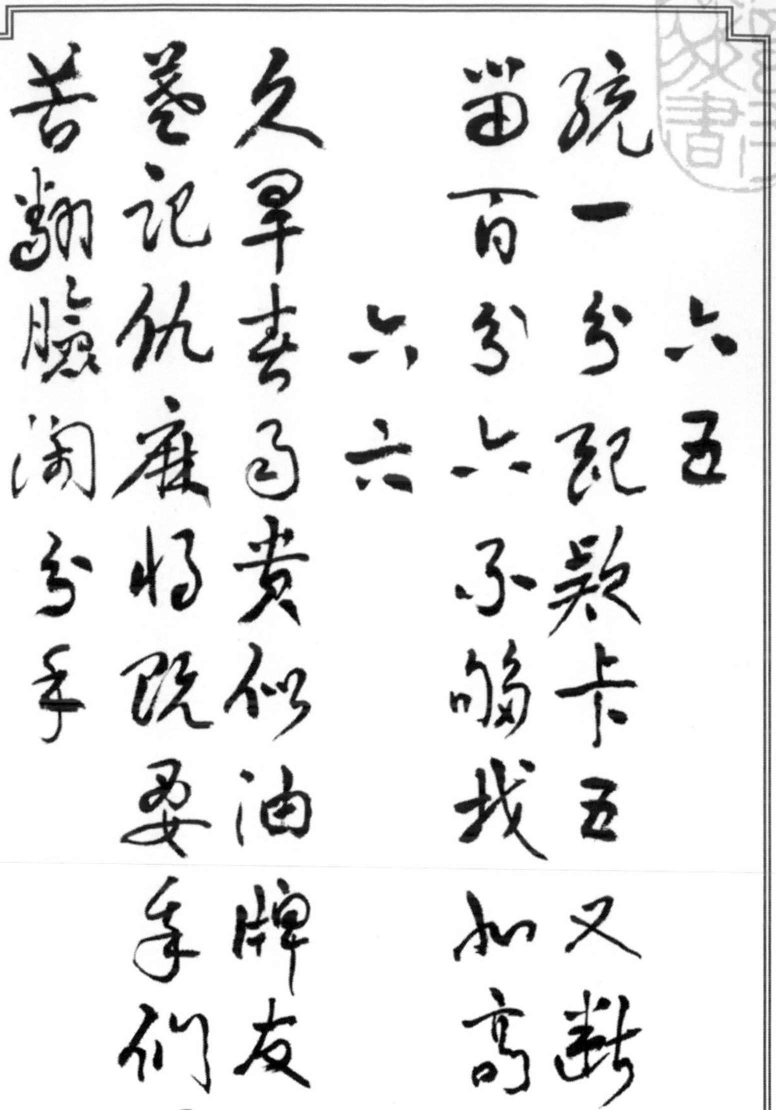

六五　統一分配款，卡五又斷腰；我留百分六，不夠找北高。

六六　久旱春雨貴似油，牌友鬥嘴莫記仇；麻將既要我們聚，何苦翻臉鬧分手。

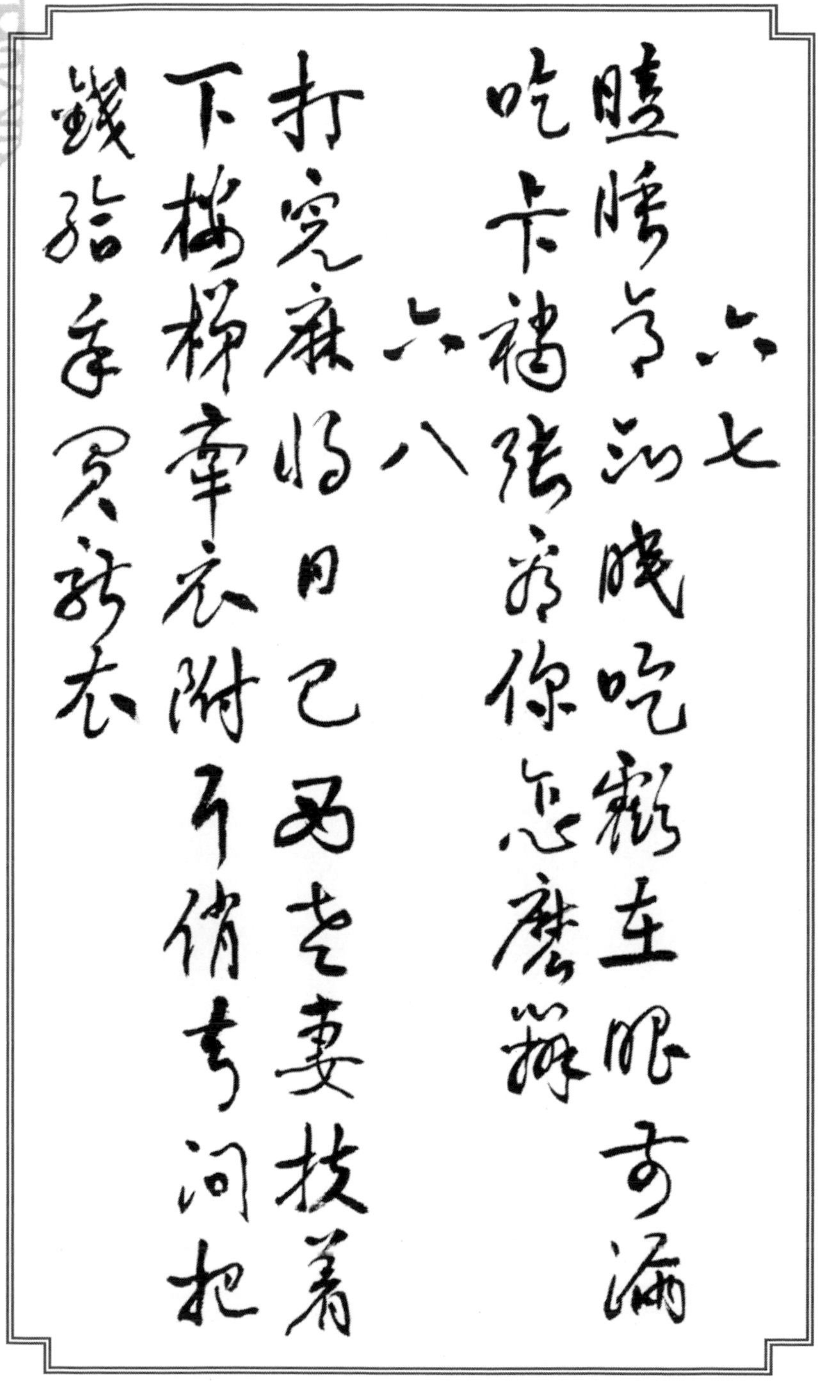

六七　瞌睡意欲眠，吃虧在眼前；漏吃卡檔牌，看你怎麼辦。

六八　打完麻將日已西，老妻扶著下樓梯；牽衣附耳俏聲問，把錢給我買新衣。

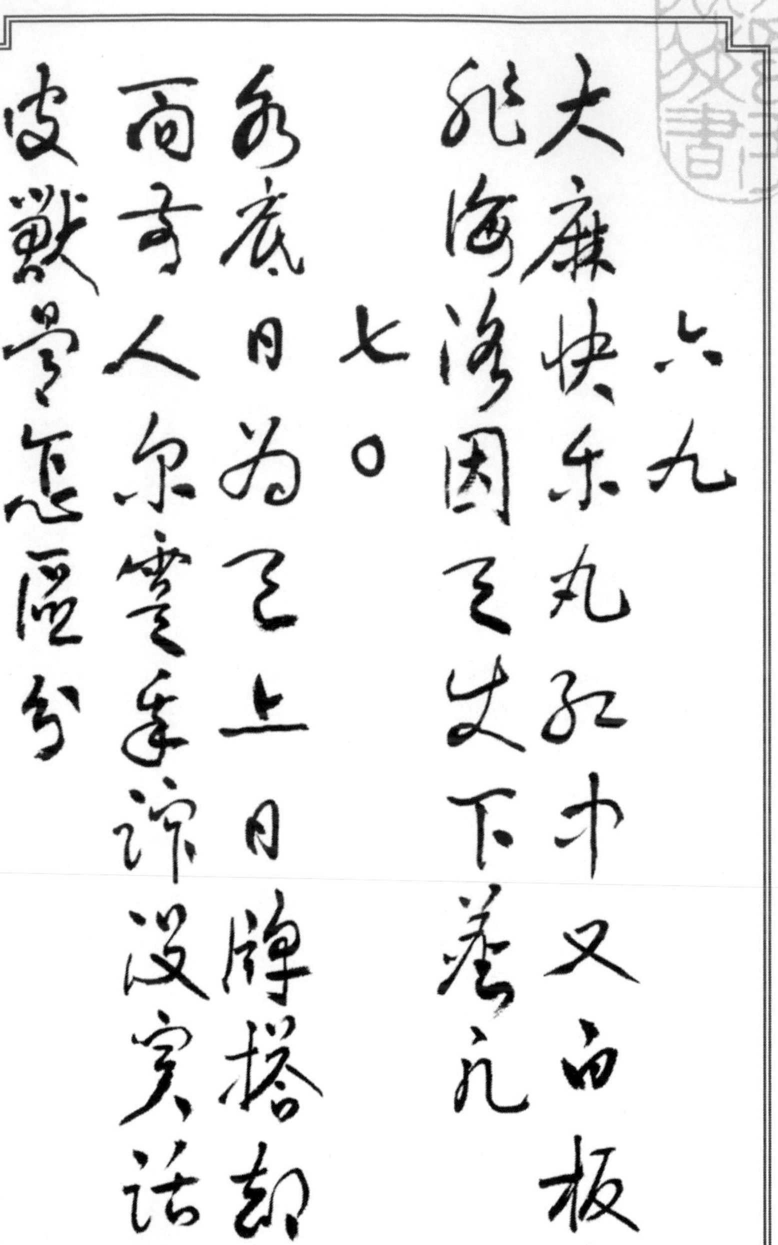
六九
大麻快樂丸紅中又白板安
非海洛因天使下塵凡
七〇
水底日為天上日牌搭却是
面前人爾虞我詐沒實話人
皮獸骨怎區分

六九　大麻快樂丸，紅中又白板；安非海洛因，天使下塵凡。

七〇　水底日為天上日，牌搭卻是面前人；爾虞我詐沒實話，人皮獸骨怎區分。

七一

主流非主流明爭又暗鬥麻
將幾回合A錢在防後

七二

柴米油鹽醬醋茶日常生活
亂如麻方城戲裡喘口氣回
家又是霧煞煞、

七〇　主流非主流；明爭又暗鬥；麻將幾回合，A錢在防後。

七一　柴米油鹽醬醋茶，日常生活亂如麻；方城戲裡喘口氣，回家又是霧煞煞。

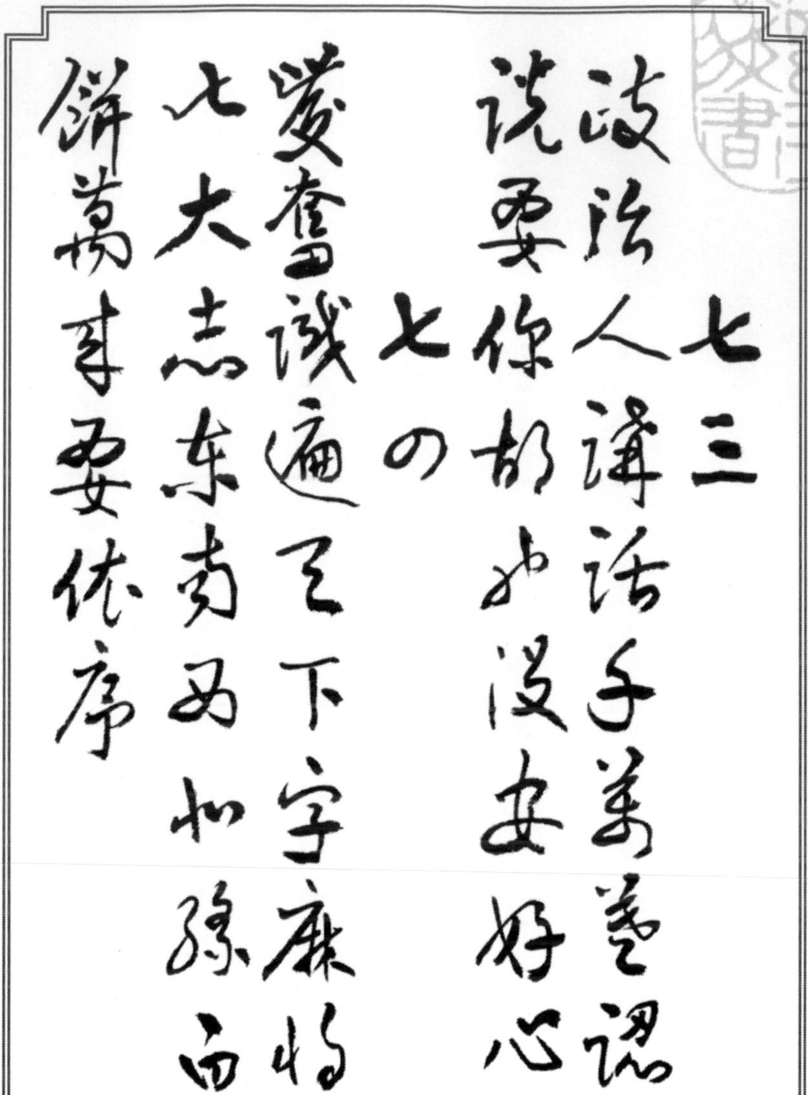

七三　政治人講話，千萬莫認真；他說叫你胡，也沒安好心。

七四　發奮識遍天下字，麻將無須此大志；東南西北綠白紅，條餅萬來要依序。

七五
軍備回扣大官邸堆不下暗
槓運美國退回為甚麼

七六
識時務者為俊傑出張乓乓
不停歇八隻花加條餅萬東
西南北綠紅白

七五　軍備回扣大，官邸堆不下；暗槓運美國，退回為甚麼？

七六　識時務者為俊傑，出張乓乓不停歇；八隻花加條餅萬，東西南北綠紅白。

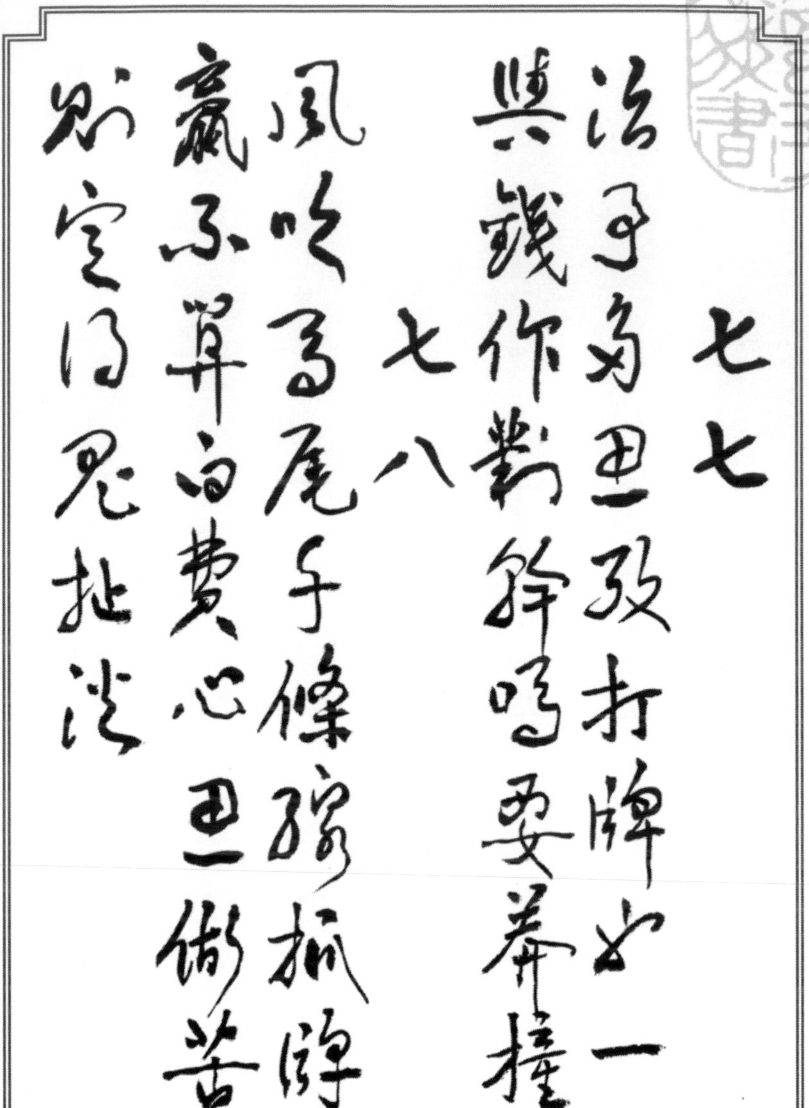

七七 治事多思考，打牌也一樣；非和錢作對，幹嘛要莽撞。

七八 風吹馬尾千條線，抓牌掉張贏不算；白費心思做苦工，規則訂得鬼扯淡。

七九

一字不出頭言詞莫傷人共享方城樂生活多開心

八〇

政治麻將大不同目的在輸不在贏只要對象滿口笑一切盡在不言中

七九　一字不出頭，言詞莫傷人；共享方城樂，生活多開心。

八〇　政治麻將大不同，目的在輸不在贏；只要對象滿口笑，一切盡在不言中。

八一

玩笑有限度過火就會鬧爭執忘走碰出張便放炮

八二

姑娘四十一隻花沉迷麻將不念家兒女放學沒飯吃徬徨不安媽呀媽

八一　玩笑有限度，過火就會鬧；爭執忘走碰，出張便放炮。

八二　姑娘四十一隻花，沉迷麻將不念家；兒女放學沒飯吃，徬徨不安媽呀媽。

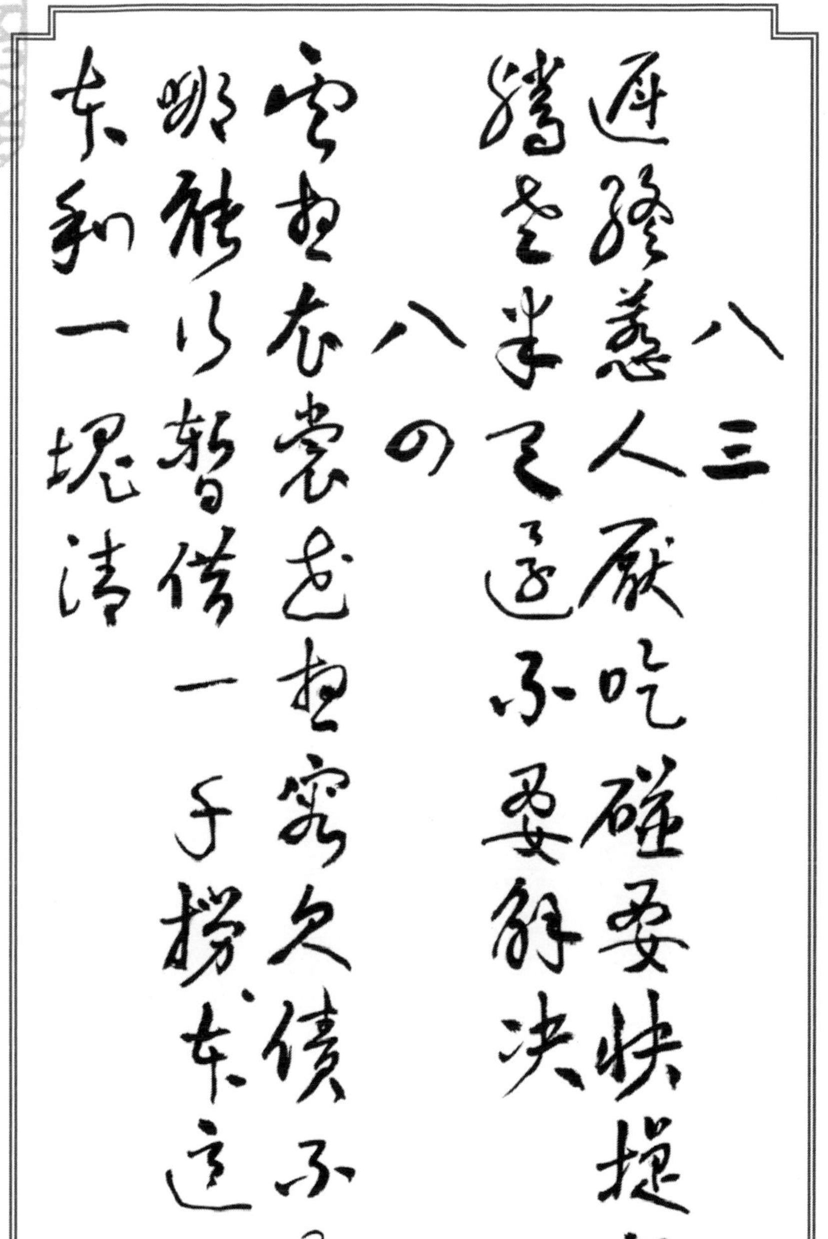

八三 遲疑惹人厭，吃碰要快捷；折騰老半天，還不要解決。

八四 雲想衣裳花想容，欠債不還哪能行；暫借一千撈撈本，這回本利一塊清。

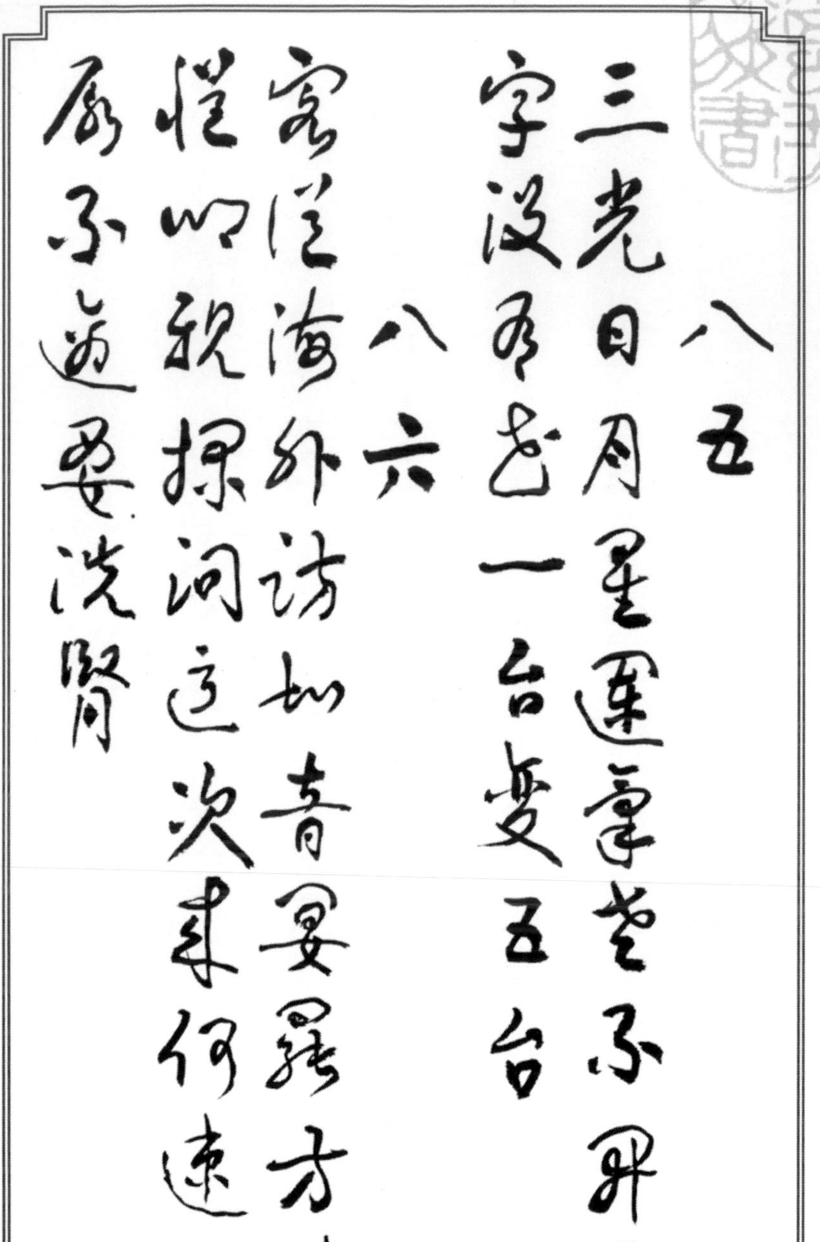
八五
三光日月星運氣老不開有字沒有花一台變五台
八六
客從海外訪知音宴罷方城娛鄉親探問這次來何速泌尿不適要洗腎

八五　三光日月星，運氣老不開；有字沒有花，一台變五台。

八六　客從海外訪知音　宴罷方城娛鄉親；探問這次來何速，泌尿不適要洗腎。

八七

春城到處花姑蘇寒山寺焉能把麻將擺在寺廟裡

八八

雪壓柳枝頭接地輸錢莫拿牌出氣河東河西輪流轉何必熱鍋上螞蟻

八七　春城到處花，姑蘇寒山寺；焉能把麻將，擺在寺廟裡。

八八　雪壓柳枝頭接地，輸錢莫拿牌出氣；河東河西輪流轉，何必熱鍋上螞蟻。

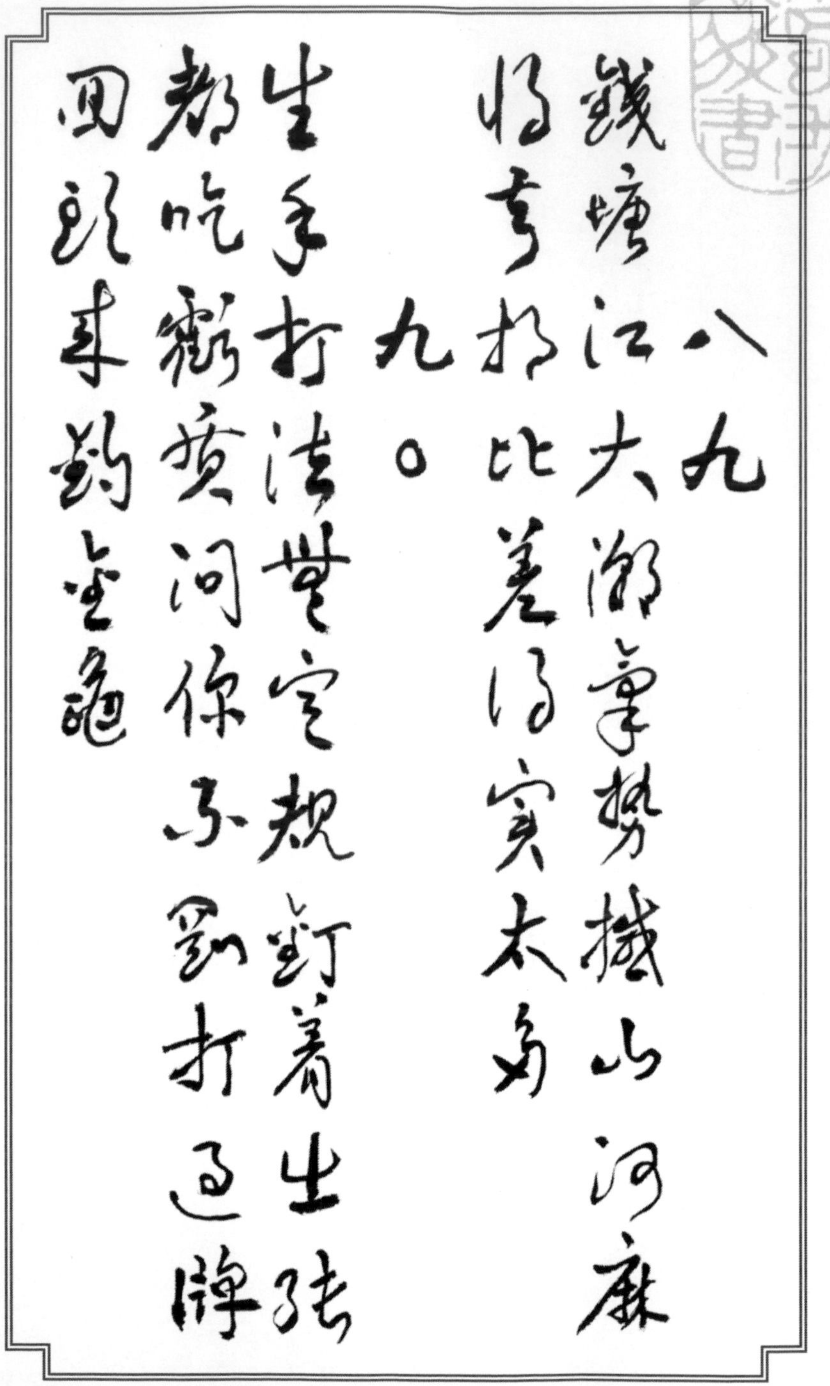

八九　錢塘江大潮，氣勢憾山河；麻將聲相比，差得實太多。

九〇　生手打法無定規，釘著出張都吃虧；質問你不剛打過，牌回頭來釣金龜。

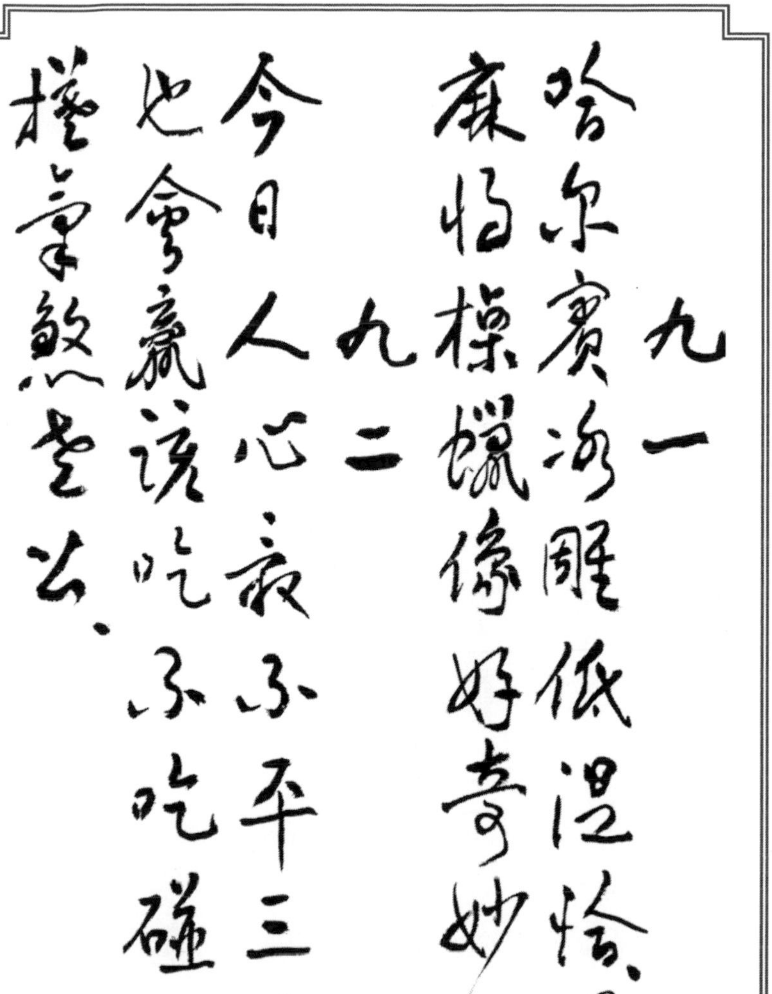

九一　哈爾濱冰雕，低溫恰恰好；擺上麻將桌，蠟像好奇妙。

九二　今日人心最不平，三流技術也會贏；該吃不吃碰不碰，自摸氣煞老公公。

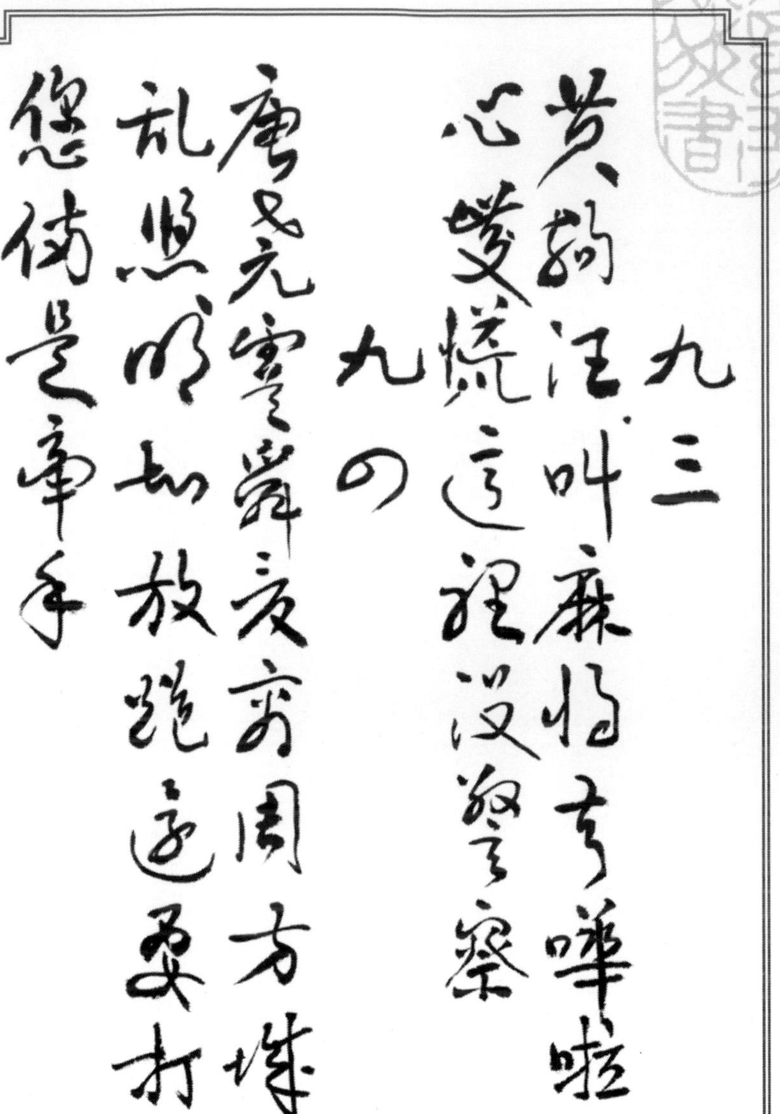

九三　黃狗汪汪叫，麻將聲嘩啦；不要心發慌，這裡沒警察。

九四　唐堯虞舜夏商周，方城戲裡亂悠悠；明知放炮還要打，莫非您倆是牽手。

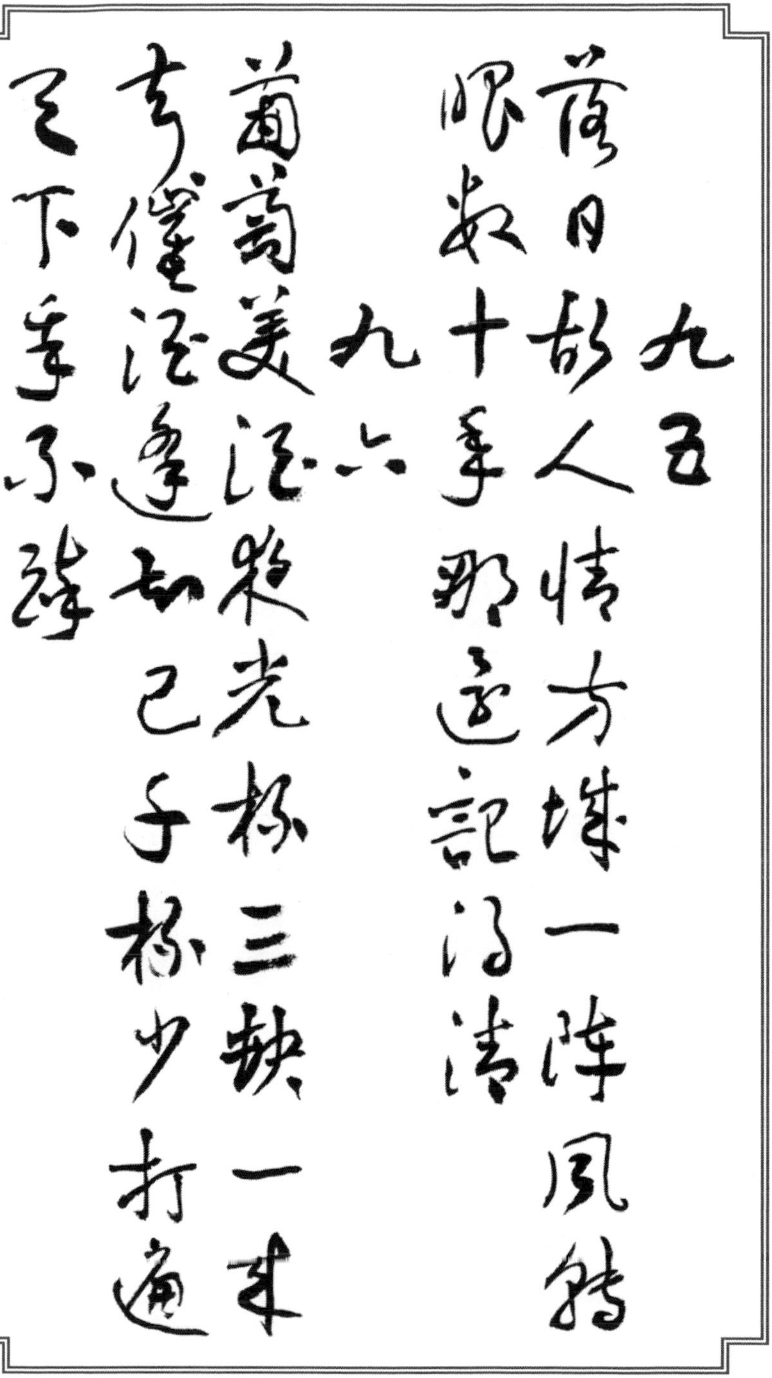

九五 落日故人情，方城一陣風；轉眼數十年，那還記得清。

九六 葡萄美酒夜光杯，三缺一來聲聲催；酒逢知己千杯少，打遍天下我不醉。

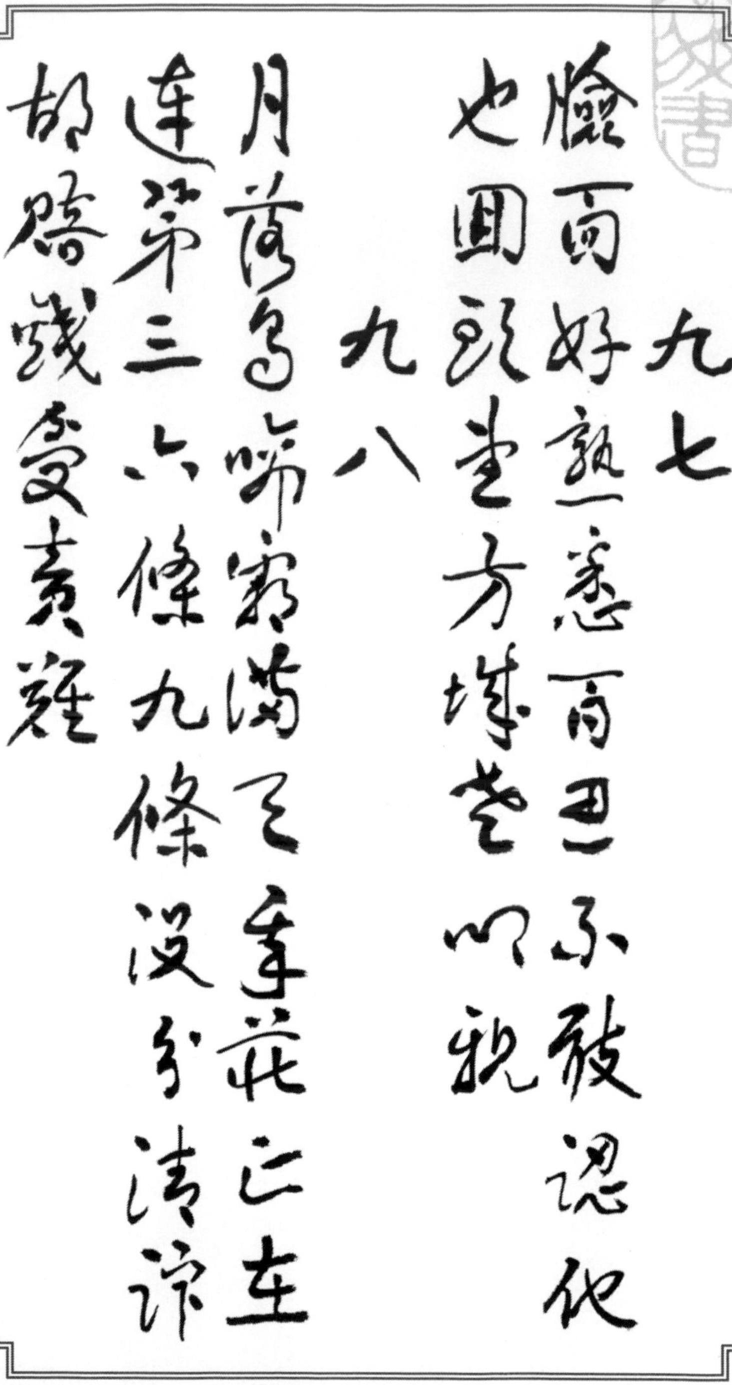
九七
臉面好熟悉百思不敢認他
也回頭望方城老鄉親
九八
月落烏啼霜滿天我莊正在
連第三六條九條沒分清詐
胡賠錢受責難

九七　臉面好熟悉，百思不敢認；他也回頭望，方城老鄉親。

九八　月落烏啼霜滿天，我莊正在連第三；六條九條沒分清，詐胡賠錢受責難。

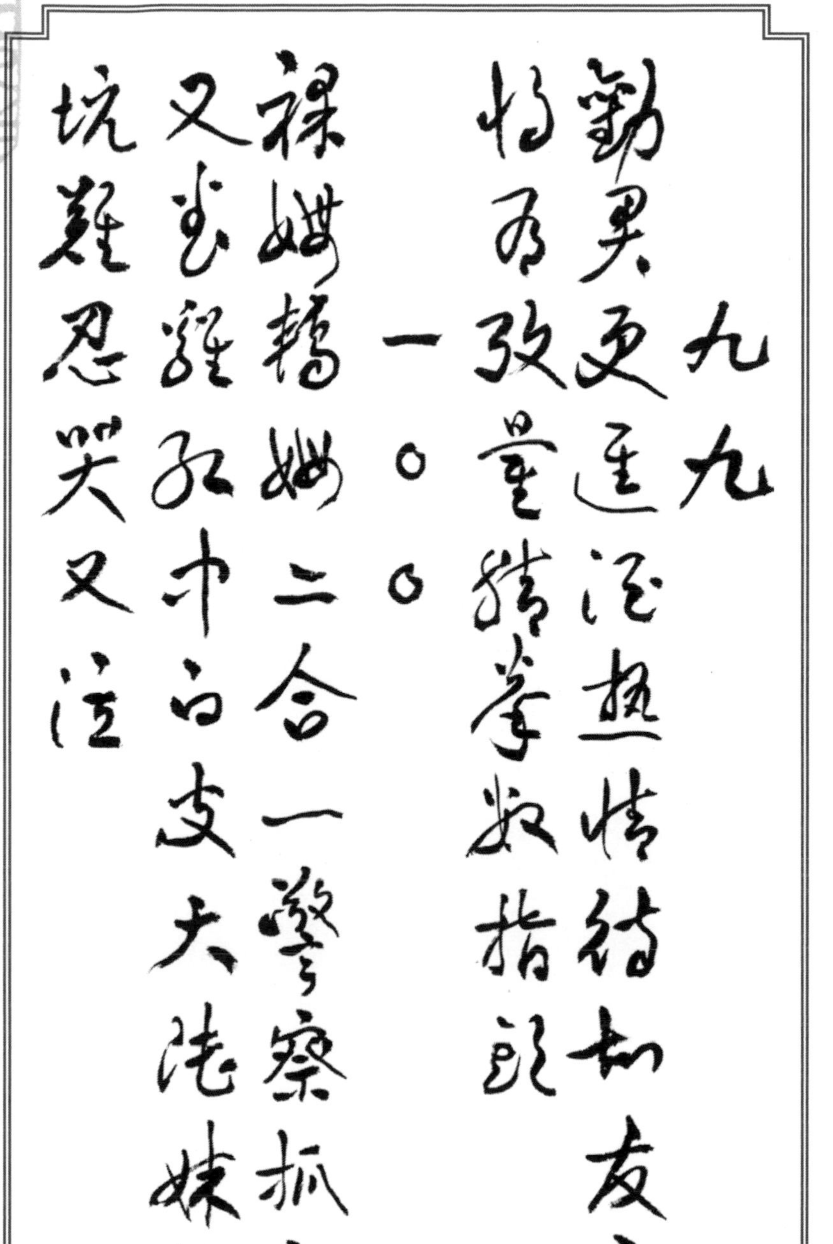

九九 勸君更盡酒，熱情待知友；麻將有考量，豪飲扳指頭。

一〇〇 褓姆鴇姆二合一，警察抓雞又養雞；紅中白皮大陸妹，被坑難忍哭又泣。

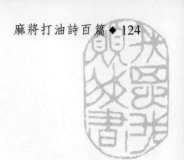

貳、詞

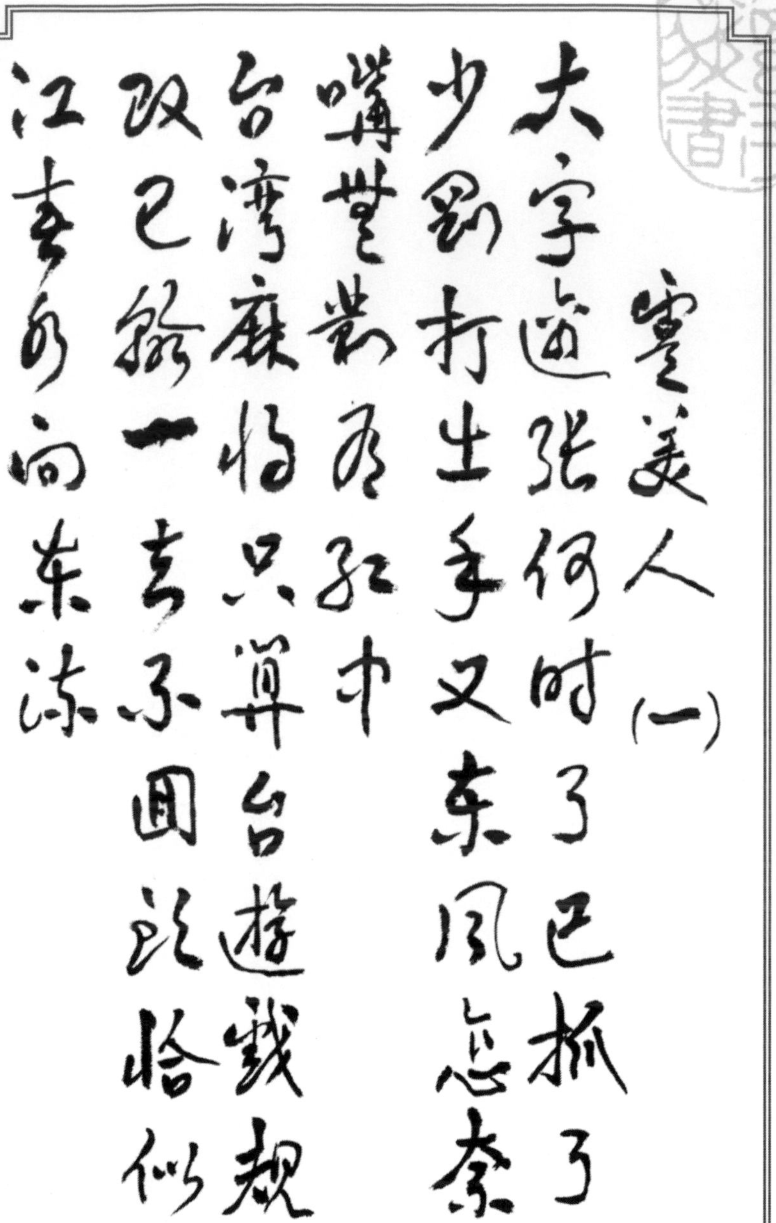

一、虞美人

(一)大字邊張何時了，已抓了多少？剛打出手又東風，怎奈無嘴無對有紅中。台灣麻將只算台，遊戲規則改，已輸一去不回頭，恰似一江春水向東流。

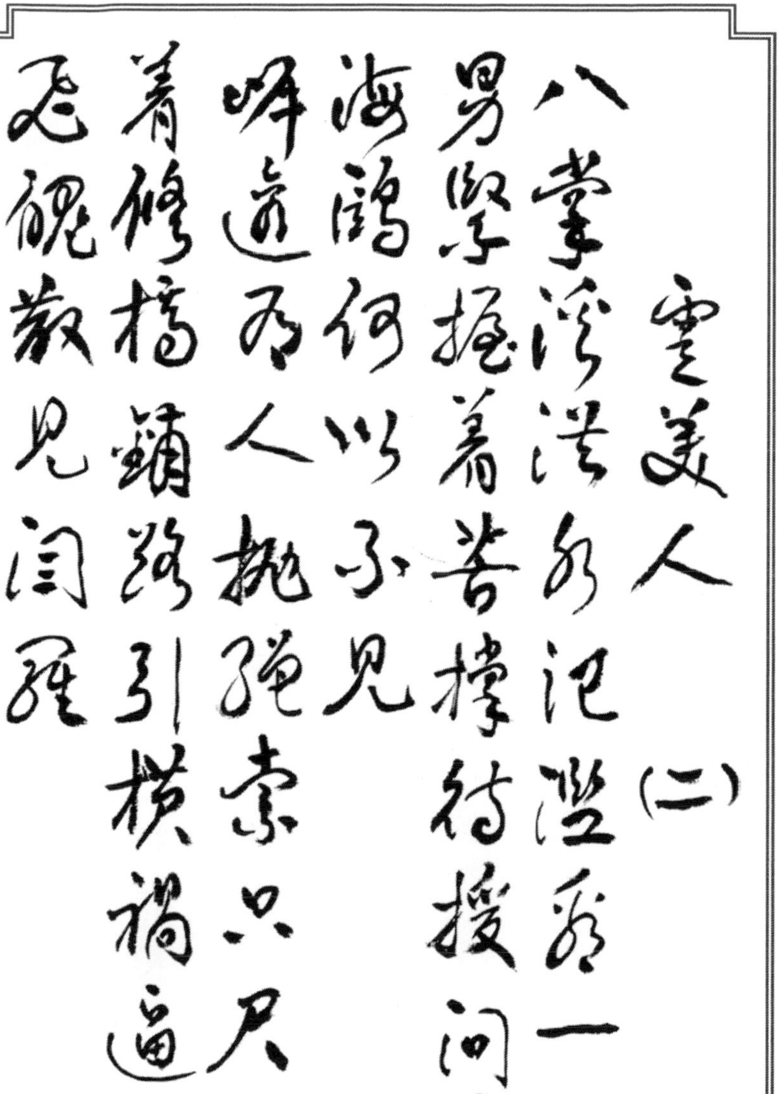
虞美人(二)
八掌溪洪水氾濫一女三
男緊抱著苦撐待援問蒼天
海鷗何以不見
岸邊有人拋繩索只尺抓不
著修橋鋪路引橫禍逼令魂
飛魄散見閻羅

（二）八掌溪洪水氾濫，看一女三男，緊抱著苦撐待援，問蒼天「海鷗」何以不見？岸邊有人拋繩索，只尺抓不著，修橋鋪路引橫禍，逼令魂飛魄散見閻羅。

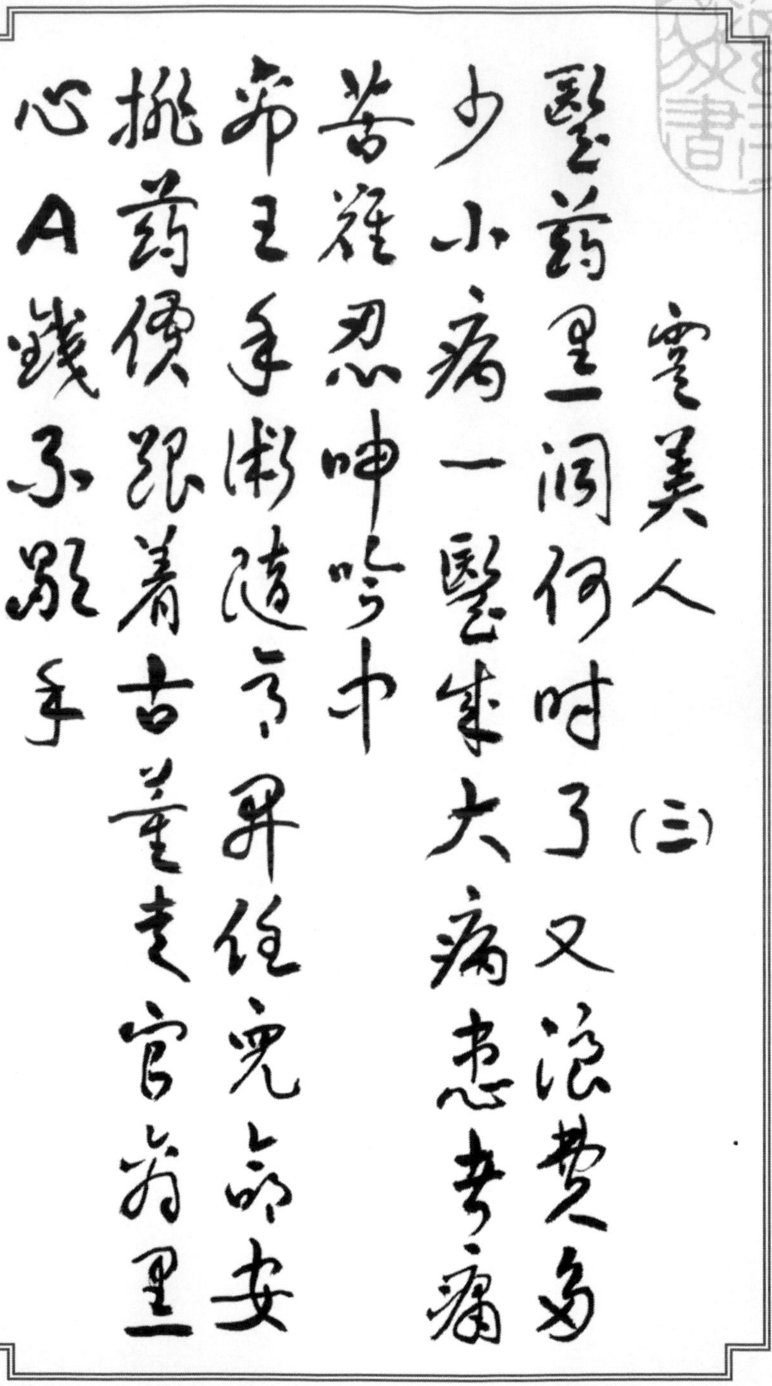
虞美人（三）
醫藥黑洞何時了又浪費多
少小病一醫成大病患者痛
苦難忍呻吟中
帝王手術隨意開任兒命安
排藥價跟著古董走官商黑
心A錢不歇手

（三）醫藥黑洞何時了？又浪費多少？小病一醫成大病，患者痛苦難忍呻吟中。帝王手術隨意開，任兒命安排，藥價跟著古董走，官商黑心A錢不歇手。

二、浪淘沙

（一）美金八千萬，綠色背面，心懷台灣好A錢。放眼天下閒扯淡，那能真幹？官邸要歸還，無限懊煎，受賄容易洗賄難。美國海關不解情，叫俺倆辦？

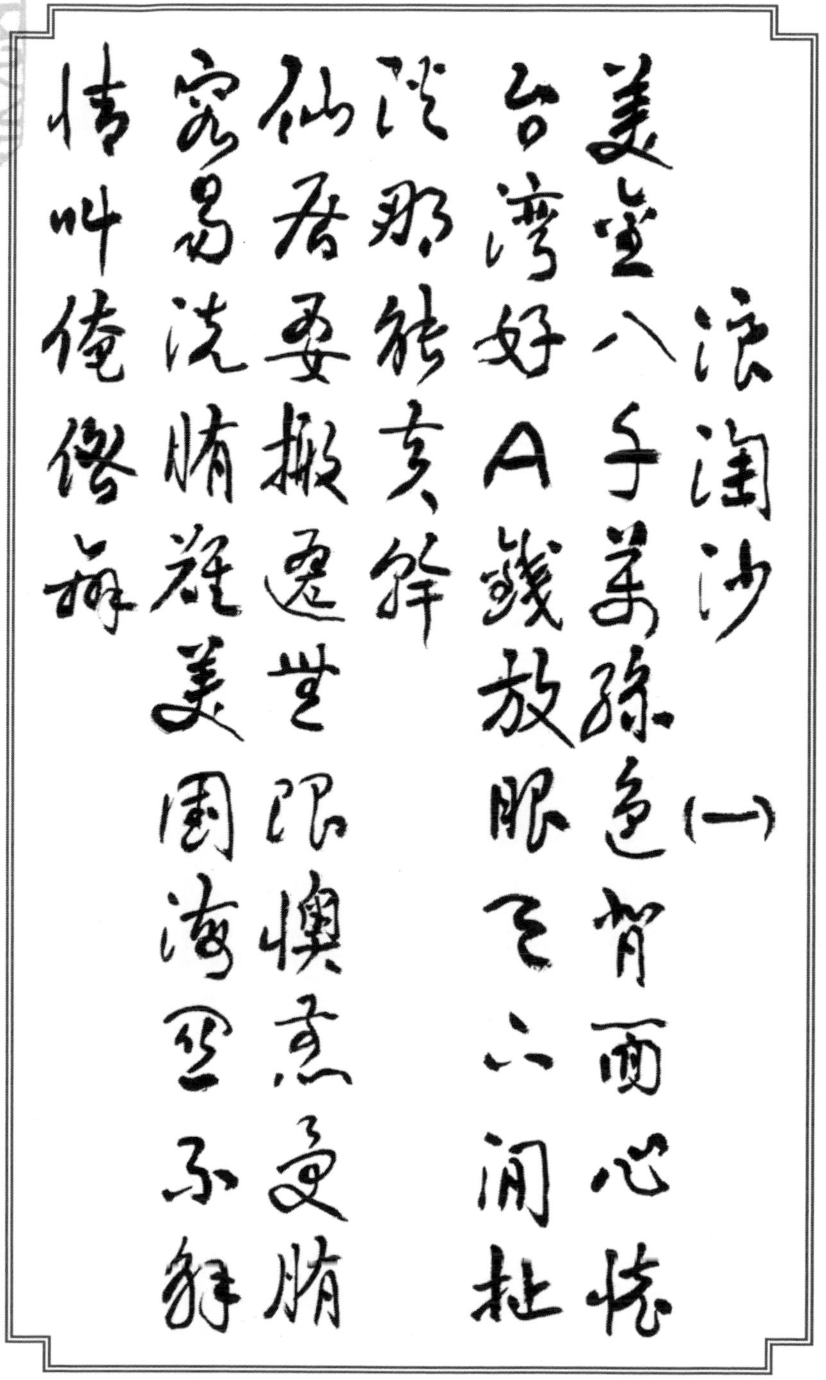

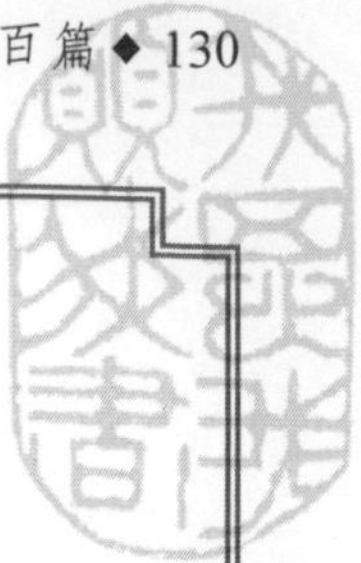

浪淘沙（二）
拉法爺軍艦回扣億萬交瑞
士銀行保管檢軍情治要徹
查虛應顏面
尹清楓命案道是麻煩海總
遮蓋不周全可恨法國老杜
馬托出全盤

（二）拉法爺軍艦，回扣億萬，交瑞士銀行保管。檢軍情治要徹查，虛應顏面。尹清楓命案，道是麻煩，海總遮蓋不周全，可恨法國老杜馬，托出全盤。

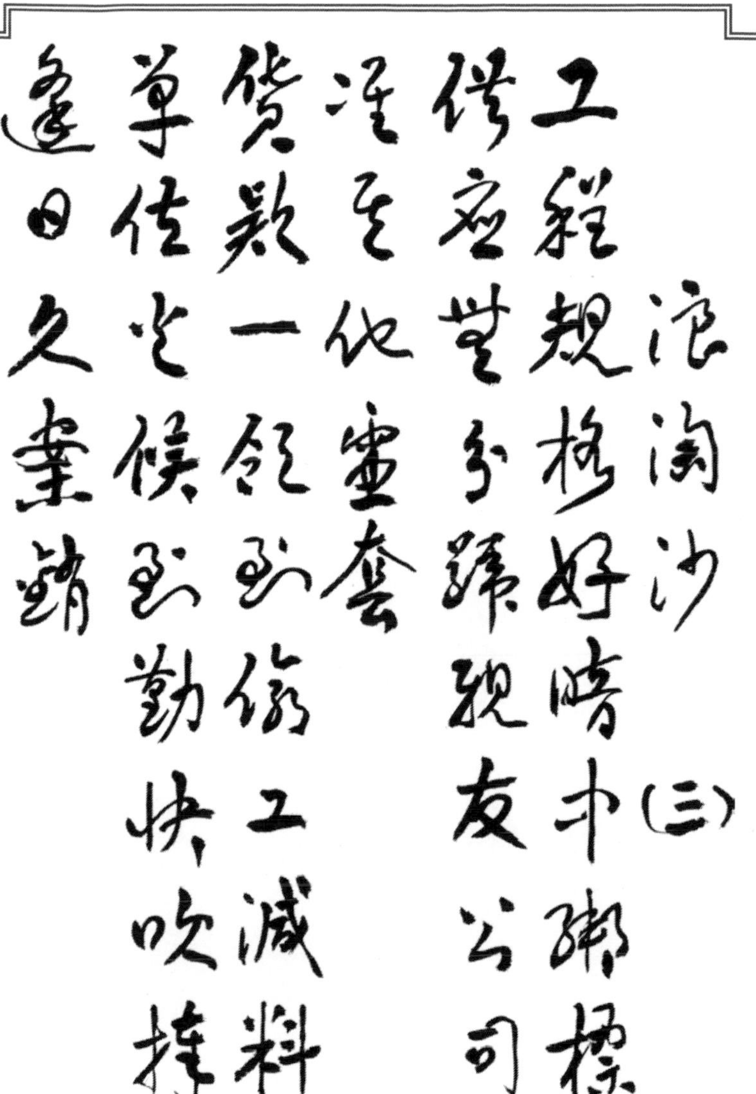
浪淘沙(三)
工程規格好暗中綁標獨家
供應無分號親友公司始核
准其他虛套
貨款一領到偷工減料驗收
單位火侯到勤快吹捧緊彌
縫日久案銷

(三)工程規格好，暗中綁標，獨家供應無分號。親友公司始核准，其他虛套。貨款一領到，偷工減料，驗收單位火侯到，勤快吹捧緊彌縫，日久案銷。

浪淘沙（四）

內神通外鬼有油有水官商
勾結緊閉嘴膽大心細步步營
擔保無罪
安排夠巧妙無人知曉紅包
流水過小橋方慶回扣不透
風法院傳票

（四）內神通外鬼，有油有水，官商勾結緊閉嘴。膽大心細步步營，擔保無罪。安排夠巧妙，無人知曉，紅包流水過小橋，方慶回扣不透風，法院傳票。

三、破陣子

（一）數十年來歲月，走遍萬里山河，壯志凌雲赴國艱，勝利以還奏凱歌，幾曾識病魔？而今中風不起，針藥疼痛折磨，最是護士飽拳下，周身於青不自覺，親友又奈何！

破陣子（一）

數十年來歲月走遍萬里山河壯志凌雲赴國艱勝利以還奏凱歌幾曾識病魔而今中風不起針藥疼痛折磨最是護士飽拳下周身於青不自覺親友又奈何

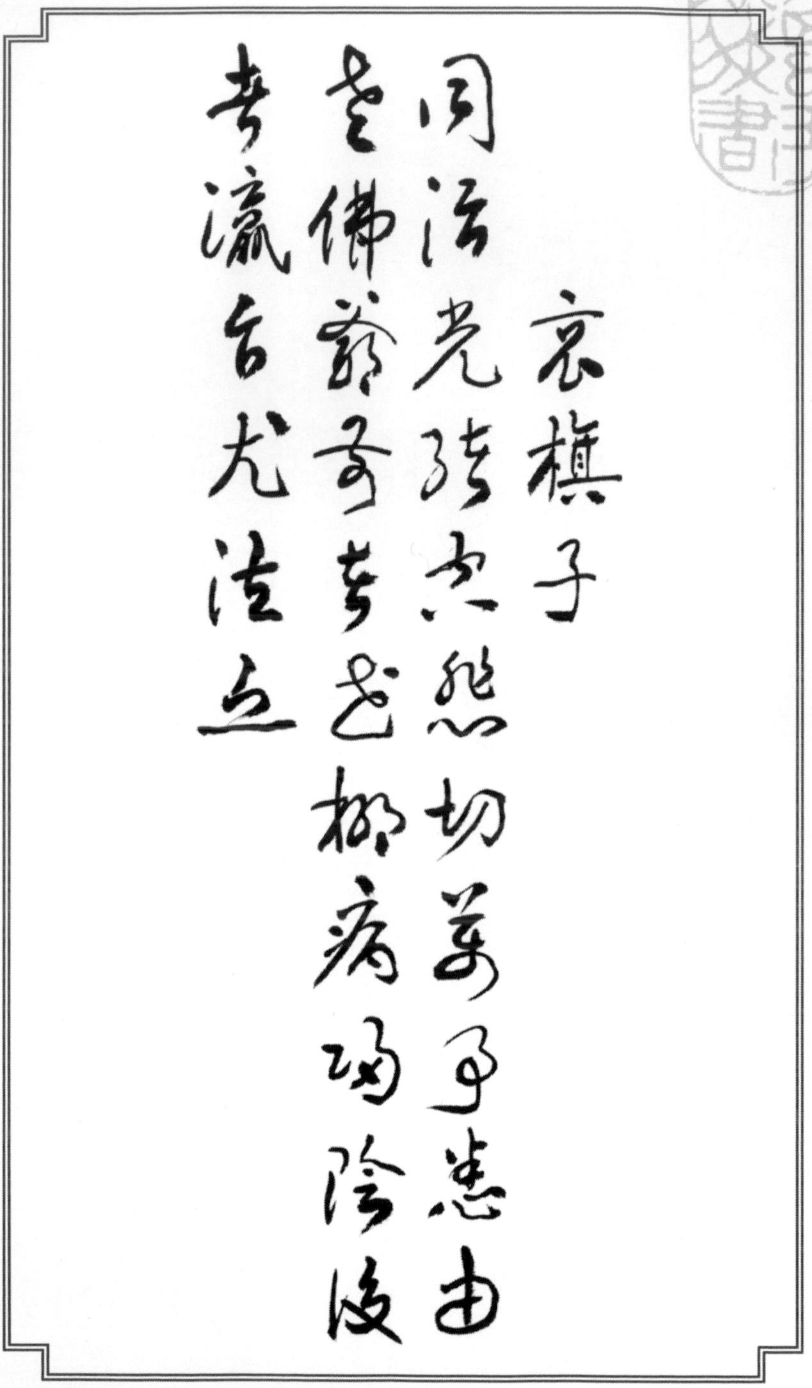
哀棋子
同治光緒空悲切萬事悉由
老佛爺前者花柳病歸陰後
者瀛台尤泣血

四、哀棋子

同治光緒空悲切，萬事悉由老佛爺；前者花柳病歸陰，後者瀛台尤泣血。

國家圖書館出版品預行編目

麻將打油詩百篇 / 汪瀚著. -- 一版. -- . -- 臺北
市 : 秀威資訊科技, 2007[民96]
面； 公分 . -- (語言文學類 ; PG0119)

ISBN 978-986-6909-35-1(平裝)

831.99 96000957

語言文學類 PG0119

麻將打油詩百篇

作 者 / 汪 瀚
發 行 人 / 宋政坤
執行編輯 / 詹靚秋
圖文排版 / 陳穎如
封面設計 / 莊芯媚
數位轉譯 / 徐真玉 沈裕閔
銷售發行 / 林怡君
網路服務 / 徐國晉
出版印製 / 秀威資訊科技股份有限公司
台北市內湖區瑞光路583巷25號1樓
電話：02-2657-9211 傳真：02-2657-9106
E-mail：service@showwe.com.tw
經 銷 商 / 紅螞蟻圖書有限公司
台北市內湖區舊宗路二段121巷28、32號4樓
電話：02-2795-3656 傳真：02-2795-4100
http://www.e-redant.com

2007 年1月 BOD 一版
定價：150元

讀　者　回　函　卡

感謝您購買本書，為提升服務品質，煩請填寫以下問卷，收到您的寶貴意見後，我們會仔細收藏記錄並回贈紀念品，謝謝！

1.您購買的書名：______________________________

2.您從何得知本書的消息？

□網路書店　□部落格　□資料庫搜尋　□書訊　□電子報　□書店

□平面媒體　□ 朋友推薦　□網站推薦　□其他___________

3.您對本書的評價：(請填代號　1.非常滿意 2.滿意 3.尚可 4.再改進)

封面設計____　版面編排____　內容____　文/譯筆____　價格____

4.讀完書後您覺得：

□很有收獲　□有收獲　□收獲不多　□沒收獲

5.您會推薦本書給朋友嗎？

□會　□不會，為什麼？_______________________________________

6.其他寶貴的意見：____

____

____

____

讀者基本資料

姓名：_____________________　年齡：______　性別：□女　□男

聯絡電話：_________________　E-mail：_____________________

地址：____

學歷：□高中(含)以下　□高中　□專科學校　□大學

□研究所(含)以上　□其他________________

職業：□製造業　□金融業　□資訊業　□軍警　□傳播業　□自由業

□服務業　□公務員　□教職　□學生　□其他___________

請貼
郵票

To：114

台北市內湖區瑞光路 583 巷 25 號 1 樓

秀威資訊科技股份有限公司　　　收

寄件人姓名：

寄件人地址：□□□

(請沿線對摺寄回,謝謝!)